U0518436

平凹西行记

贾平凹 著

陕西师范大学出版总社

图书代号： WX18N0902

图书在版编目（CIP）数据

平凹西行记 / 贾平凹著. — 西安：陕西师范大学出版总社有限公司，2018.9
ISBN 978-7-5613-9998-9

Ⅰ.①平… Ⅱ.①贾… Ⅲ.①散文集—中国—当代 Ⅳ.①I267

中国版本图书馆CIP数据核字（2018）第107721号

平凹西行记
PINGWA XI XING JI

贾平凹 著

选题策划	刘东风　木　南
责任编辑	郭永新　宋媛媛
特邀编辑	王　俊
责任校对	彭　燕
封面设计	一千遍工作室
出版发行	陕西师范大学出版总社
	（西安市长安南路199号　邮编710062）
网　　址	http://www.snupg.com
印　　刷	陕西龙山海天艺术印务有限公司
开　　本	880mm×1230mm　1/32
印　　张	7.875
插　　页	4
字　　数	147千
版　　次	2018年9月第1版
印　　次	2018年9月第1次印刷
书　　号	ISBN 978-7-5613-9998-9
定　　价	45.80元

读者购书、书店添货或发现印刷装订问题，请与本公司营销部联系、调换。
电话：（029）85307864　85303629　传真：（029）85303879

目 录

河　西

　　天很高，没有云，没有雾，连一丝儿浮尘也没有，晴晴朗朗的是一个巨大的空白呢。无遮无掩的太阳，笨重地，迟缓地，从东天滚向西天，任何的存在，飞在空中的，爬在地上的，甚至一棵骆驼草，一个卵石，想要看它，它什么却也不让看清。看清的只是自己的阴暗，那脚下的乍长乍短的影子。几千年了，上万年了，沙砾曼延，似乎在这里验证着一个命题：一粒沙粒的生存，只能归宿于沙的丰富，沙的丰富却使其归于一统，单纯得完全荒漠了。于是，风最百无聊赖，它日日夜夜地走过来，走过去，再走过来；这里到底是多大的幅员和面积，它丈量着；它不说，鸟儿不知道，人更不知道。

　　一条无名河，在匆匆忙忙地流。它从雪山上下来，它将在沙漠上消失。它是一个悲壮的灵魂，走不到大海，就被渴死了。但它从这里流过，寻着它的出路，身后，一个大西北的走廊便形成了，祁连山，贺兰山，走廊的南北二壁，颜色竟是银灰，没有石头、树木，几乎连一根草也不长，白花花的，像横野的尸骨。越往深处，深处越是神秘，沙的颜色白得像烧过的灰，山岭便变形变态：峁，梁，崖，岫，壑洼，沟岔，没有完整的形象，像是消融中的雪堆，却是红的，又从上至下呈现出错综复杂的棱角，犹如冲天的火焰，突然的一个力的凝固，永远保留在那里了。而子夜里升起了月亮，冷冷的上弦，一个残留半边的括号，使你百思不解这里曾出现过什么巨大的事变，而又计算过一种什么样的古老的算术。

当太阳把一个大圆停在天边，欲去却还未去，那整个沙原、寂山就被腐蚀了一层锈红。一切都是无言的，骆驼默默行去，沙鼠悄悄扒洞，苍蝇也丧失了嗡嗡的功能，于无声处去舔血。沙蒿、红沙菜、金刚草，那裹在一片尖刺中一颗一颗沙粒般的叶子，是戈壁沙漠的绿，更是一切草食动物的生命的追逐。一群羊从远远的地方涌过来，散着一个扇形，牧羊人就在扇后，威严得像驾驶着一辆大车，而紧紧牵拉着数十条缰绳。其实，最孤独的是牧羊人了，他已经坐在一个沙包上，沉寂得像一尊雕塑了。这里是离太阳近的地方，他的肤色赤黑得像发着油腻的石头，眼睛却老睁不大，深深地陷进去，正看着一只马蛇子翘着长长的尾巴，影子一般地在卵石和蓬草里窜行。

倏忽风就起身了，先是温温柔柔地托一根羽毛，忽上忽下地袅袅，再就吹一片云来，才一出现，大颗大颗的冰雹夹杂在雨点里就下来了。冰雹砸在沙里是一个坑儿，雨点落下去，沙并不湿，却蹿起一股烟尘来。流沙在瞬息中或聚或散，骆驼草却巩固了地盘，碗大的一个丘包，像一个一个偌大的蘑菇，又像是一些分布均匀的铆钉，因为是有了它们，这荒漠的地表才没有被揭去了吗？生命的坚强，启示了电线杆的忠诚；它们说尽了人的话语，却没一句是它们的，一年，二年，十年，二十年，始终在列队站着。

再往西去，再往西去，蜃市偶尔就要出现：楼、台、亭、阁、花坛、鱼塘，还有驼群马队，万千人物……眨眼却没有了。这里曾经是唐朝花雨丝绸之通道吗？这里曾经是刀光血影杀声吞天的古战场吗？眼前只是白沙，还是白沙。沙的形成真的是卵石成千上万年在风里碰撞的结果，这该是多么伟大的艺术，似乎宇宙的变迁，生命的进化，在这里是一幕放慢的镜头，那一个世纪如果缩短为一个生命的单元，石头的碰撞为细沙，会是一首何等雄壮的七音俱发的音乐啊！

这时候，一辆列车从地平线上开来。沙原之大，其迅行疾驰，看上去只能算是蠕蠕爬动。通过道班站，一个小小的三间房子，五个站上的人，一条样子像狼的狗，都站出来。一天一趟的火车，带来了运动，也将生命的活力同时注射在他们的身上了吗？脸上都是笑笑的。列车走过了，轰轰的钢铁的震响慢慢消失，留下的又是那万籁的一个静，又是那屋后一排七棵用食水浇灌起来的白杨。还有一柱直直的孤烟，他们该吃晚饭了。列车继续往前走，车上坐满了西行的旅客，他们兴致特别高，一边吃着从沿途车站买来的西瓜，一边谈论戈壁沙漠这么缺水，却出奇地能长这种仙物，并脆极，甜极，那西瓜长在戈壁沙漠，是这白沙卵石中不枯不溢的立体的泉吗？他们谈论着远处奔跑的一只黄羊，羡慕那是多么得意的精灵，它奔跑着，时不时就要将身子往空中跃，作一个弓的形状，它是在为自己的自由而激动得发狂吗？他们有的作起诗："啊，到了这儿，才知道了祖国之大！"有的则油画写生了，感叹着这里该是产生东山魁夷风景画风格的妙地。但是，一个奇异的神秘的景象就出现了：铁路的北边，一片几十亩地的乱坟墓，一个坟墓一个卵石地堆积；几千个卵石堆积的坟墓，横横竖竖，竖竖横横。睡眠在这里的是些什么人呢？什么人又是什么时候睡眠在这里？他们不知道。他们没有看见一块墓碑，没有看见一丘砖砌起的坟台，更没有松柏，更没有花圈。他们猜想着，是当年长征路经这里的江西红军？是曾经进军新疆、沙漠剿匪的战士？或者是修筑这条铁路的民工？或者是那开发金川镍矿的工人？他们一起趴在车窗口，互相看着，一句话却不能出唇，一下子感到了在这个地方是来不得半点矫饰和轻浮的；这里曾经经历过同别的地方一样的人为浩劫、灾难、贫困，又比别的地方更多了一种大自然的凶恶和狠毒，生命在这里得到了价值的真正体验。戈壁沙漠的干旱使这些坟墓完整无缺地保存下来，戈壁沙漠的荒寂却使这些坟墓的一切消息都封闭了。多亏了这条铁路通过这里，而使所有路过的老少男女发现了这一片无名无姓的人的坟墓！坟墓是坟墓的纪念碑吗？活着的人是死去的人的墓志铭吗？列车在戈壁沙漠的深处一步一步推进，车上的人都在默默地说：永远要记着那些为了征服戈壁沙漠而牺牲的和仍有可能牺牲的人！

火焰山

这火很大，从安西城坐车往南走十分钟，大漠尽头就看得见了。地上的沙是白的，天上的云是白的，火势就沿天地相接之处曼延。车一直开近去，到火边了，才发觉这火是凝固了的，成了石的，连成山的。它东窜至何处，不可得知，东边的天挡住了漫开的视线；车扭头往西，依山根下公路行驶，那火焰的山石就一会低了，一会高了，连绵不绝，似乎是向导我们走向火的极致去。瞧那一片赤褐之上，没有木，没有草，没有一个动物出没，一时作想：火虽然凝固了，但热量还未消灭吗？不可能上去动手摸摸，但车上的温度明显比安西城北灼烫得多，口舌已经干燥，鼻孔出气如喷火呢。后来，便听得见那里风响，霍霍卜卜，却不见尘雾。便又想：山石这么狰狞，那是刀雕出来的吗？刀就是风，刀的回旋才将山石雕刻成没有完整，没有规则，仄仄斜斜坑坑洼洼齿齿龊龊。也正是刀在那里回旋，刀刃碰撞得愈发锋利吗？以风灭火，火更蓬勃，刀之锋利愈发使火的山石残缺不齐吗？痴痴儿再想：可惜这火突然地凝固了，它曾经一定弥天地燎原，从此天是了一个灰烬的白云，地是了一个灰烬的白沙，云白天更高得单纯，沙白地更大得丰富，火是开山辟地的造物主之武功啊！但它却突然地凝固，永远留在这里了。它是死了，它完全成了伟大的功能，但形体不散，幽灵也不散，那一个月亮，我们两个小时后看到了，正出现在山石的火焰之上。

一九八三年十一月三十日夜

柳　园

　　如果没有铁路，人不会来，黄羊兔子也不会来，但现在谁能不来。恰如一座美好的院落，总要进门道，跨门槛。从四面八方到敦煌，必此下车，然后搭汽车一漫儿斜下五六个钟头，从敦煌返回，又搭汽车一漫儿斜上到柳园。敦煌要和上海比，或许高度已在上海几百层楼顶，但往柳园，却成了煤井里的坑道，两条公路犹如坑道里的两条铁轨。

　　说准确些，柳园是在一座山上。山看起来并不高，沙把它埋了，所以沿路只是些高高低低的山峁顶尖，你能想象得出雾里在庐山、在峨眉的境界。据说悬空寺修建，需大雾弥漫时才可动工，那么走这一路，之所以安全，心地踏实，那也是亏了云雾，云雾已经凝固了，云雾就是沙。

　　正因为如此安全，游人就忘形得意，表现出人的蒙懂和可笑，反说：沿途的山太小了，又不集中，这儿一个石的三角，那儿一个石的三角。但他们又出奇地只感觉冷，冷得直哆嗦。看那些石三角却像是大火燎过，呈焦黑色，寸草不长，怀疑是冶炼后的炭渣堆。偶尔一群石三角与一群石三角中间有了绿，远远就大呼小叫：有水了！近去却是一溜骆驼草。路还并没有修好，常常前边放炮扩建，车要停下来，发现民工用钎用锤一下一下凿打黑石，才明白了身下的路并不是在沙上，而一尺厚的沙下就是坚硬的岩石，硬得如铁，铁镐碰到石，嘣，一撞一跳，全是金属音响。

到了柳园，就到了山顶，看四面一溜一带的群山，如摇头摇尾的细浪，似趋势而来，又似奔脉而去。镇子很小，但车站很大，其实车站就是镇子。有商店，有饭店，有旅店，职工就是居民，居民不多，是游客的十分之一。游客是四面八方黑白棕黄之人种，南腔北调日法英德之言语。本地居民服装也可粗细，语言也解中西，但一眼却能看出住籍，他们颧上都有大小不等深浅不一的两块红肉，那是日之所致，风之所致。靠山吃山，靠水吃水，他们靠的是车站，游客却视他们是大海中的一支桨板，是黑暗中的一颗星星，是上帝是观音是阿弥陀佛。一整天的塞外风沙，是他们给了吃喝，给了热炕，给了一颗稳妥妥的心。

但是，整个镇上，没有一棵树，搂粗的没有，筷子粗的也没有，石头上是没有长树的，没有树也就没有鸟了。只有一园花，那只能是车站单位养的，土是集中起来的好土，灌溉的水是特意从外地运来的，特意从人的食水中强行分配出来的。

　　没有青林鸟语，这是多么可怕的地方，但柳园却是一座大殿的石雕，具体点，是卧在敦煌艺术之宫门口的石狮子、铁狮子，还可以说，是一位战士。地知道它，将最高点的位置给它，天知道它，让太阳多来照耀，五点这里就天明，夜八点半了，太阳还不会全落。

一九八三年十二月一日早

戈壁滩

这里应该是云，云却总是不虚；这里应该是海，海却永无水流。或许，这是上万年亿万年以前的事了，留给现在的，是沙的世界，卵石的世界。风在行走，看得见的是沙的柱的移动，这是独特的孤烟，是天地自然宇宙的意志的巨脚。

十几世纪，它一步步走向了成熟，先荒寂，后繁荣，再单纯，宇宙的进化演变在这里做了试点。因为它已经鄙夷了轻浮，娇容媚花在这里注销了户口；它已经反感起自大，空间之树在这里失却了位置。是真正的强者，极致，无技巧的艺术，是一块难得糊涂的、大智若愚的地方。

金刚草，一种内地长得能弹出水的娇物儿，在这里却长出一身硬刺，抱成一团，像一只刺猬，作内向的力的球状的形体。红沙菜，米粒般的叶子，动之便脱，颗颗酷似碎沙铁屑。野葱，古书上是作为形容美人手指的妙品，竟细如线，韧如丝，中无隙而断之无汁。那骆驼，或许前身曾是驴子，却未嘶叫，存质朴，忍劳负重。而蛇，却再不能炫耀其色了，缩小长度而添四足，更名马蛇子，翘起尾巴爬动迅如风行。这是一幅上帝的现代艺术的画，画中一切生物和动物都做了变异，而折射出这个世界的静穆和静穆中生命的灿烂。

最孤独的是那一个过了花甲的牧羊人。

八月的天里，太阳悬在地平线上，大得像个铜锣。有两个最时髦的从上海来写生的姑娘，一个十分洋气，一个十分秀气。她们拉住牧羊人的手，认作是同类的知己。然后让牧羊人站在中间，三突出，自拍了一张照片。

一九八三年十二月二日午

敦煌沙山记

　　河西走廊，是沙的世界，少石岩，少飞鸟，罕见树木，也罕见花草。荒荒寂寂的戈壁大漠，地是深深的阔，天是高高的空，出奇的却是敦煌城南，三百里地方圆内，沙不平铺，堆积而起伏，低者十米八米不等，高则二百米三百米直指蓝天，垄条纵横，游峰回旋，天造地设地竟成为山了。沙成山自然不能凝固，山有沙因此就有生有动：一人登之，沙随足坠落，十人登之，半山就会软软泻流，千人万人登过了，那高耸的骤然挫低，肥臃的骤然减瘦。这是沙山之形啊。其变形之时，又出奇轰隆鸣响，有闷雷滚过之势，有铁骑奔驰之感。这是沙山之声啊。沙鸣过后，万山平平，一夜风吹，却更出奇的是平堆竟为丘，小丘竟为峰，辄复还如。这是沙山之力啊。进入十里，有一泉水，周回千数百步，其水澄澈，深不可测，弯环形如半月，千百年来不溢，不涸，沙漏不掉，沙掩不住，明明净净在沙中长居。这是沙山之神秘啊。《汉书》载：元鼎四年，有神马（从泉中）出，武帝得之，作天马歌。现天马虽已远走，泉中却有铁背游鱼，七星水草，相传食之甘美，亦强身益寿。这是沙山之精灵啊。

敦煌久为文化古都，敦者，大也；煌者，盛也。旧时为丝绸之路咽喉，今日是西北高原公路交通枢纽。自莫高窟惊世骇俗以来，这沙山也天下称奇，多少年来，多少游客，大凡观了人工的壁画，莫不再来赏这天地造化的绝妙的。放眼而去，一座沙山，一座沙山，偌大的蘑菇的模样，排列中错错落落，纷乱里有联有系；竖着的，顺着的，脉络分明，走势清楚，梁梁相接，全都向一边斜弯，呈弓的形状；横着的，岔着的，则半圆交叠，弧线套叉，传一唱三叹之情韵。这是沙山之远景啊。沿沙沟而走，慢坡缓上，徐下慢坡，看山顶不高，蒙蒙并不清晰，万道热气顺阳光下注，浮阳光上腾，忽聚忽散，散则丝丝缕缕，聚则一带一片，晕染梦幻，走近却一切皆无；偶尔见三米五米之处有彩光耀眼，前去细辨，沙竟分五色——红、黄、蓝、白、黑，不觉大惊小叫，脚踹之，手掬之，口袋是装满了，手帕是包饱了，满载欲归，却一时不知了东在哪里，西在何方，茫然失却方向了。这是沙山之近景啊。登至山巅，始知沙山之背如刀如刃，赤足不能稳站，而山下泉水，中间的深绿四边浅绿，深绿绿得庄重的好，浅绿绿得鲜活的好。四周群山倒影又看得十分明白，疑心山有多高，水有多深，那水面就是分界线，似乎山是有根在水，山有多高，根也便有多长；人在山巅抬脚动手，水中人就豆粒般大地倒立，如在瞳仁里，成千上万倍地缩小了。这是沙山之俯景啊。站在泉边，借西山爽气豁人心神，迎北牖凉风荡涤胸次，解怀不卧，仄眼上眺，四面山坡无崖、无穴、无坎、无坑，漠漠上下，光洁细腻如丰腴肌肤。这是沙山之仰景啊。阴风之日，山山外表一尺左右，团团一层迷离，不即不离，如生烟生雾，如长毛长绒，悲鸣齐响，半晌不歇，月牙泉内却水波不兴，日变黄色，下彻水底，一动不动，犹如泉之洞眼。盛夏晴朗天气，四山空洞，如在瓮底，太阳伸万条光脚，缓缓走过，沙不流不泻，却丝竹管弦之音奏起，看泉中有鱼跃起，亦是无声，却涟漪扩散，不了解这泉是一泓乐泉，还是这山是一架乐山。这是沙山动中静，静中动之景啊。

天上的月有阴晴圆缺之变化，沙月却有明净和碧清，时令节气有春夏秋冬之交替，沙山却只有慢下、耸起和自鸣。这里封塞而开放，这里荒僻而繁华，有整响整响趴在沙里按动照相机的，有女的在前边跑，男的在后边追，从山巅呼叫飞奔，身后烟尘腾起，作男女飞天姿势的，是外国游人之狂欢啊。有一边走，一边回顾，身后的脚印那么深，那么直，惊叹在城里的水泥街道上从未留过自己脚印，而在这里才真正体会到人的存在和价值的，是北京、上海、广州的旅人之得意啊。有鲜衣盛装，列队而上，横坐一排，以脚蹬沙，奋力下滑，听取钟鼓雷鸣之声空谷回响，至夕尽欢才散的，是当地汉人、藏人端阳节之兴会啊。有三伏炎炎之期，这儿一个，那儿一个，将双腿深深埋入灼极热极的细沙之中，头身覆以伞帽，长久静坐，饥则食乌鸡肉，渴则饮蝎蛇酒，至极痛而不取出的，是天南海北腰痛腿痛症人疗治疾苦啊。九月九日秋高气爽，有斯斯文文长脸白面之人，或居沙巅望远观近，或卧泉边舀水烹茶，诗之语之，尽述情怀的，是一群从内地而至的文学作者啊。有一学子，却与众不同，壮怀激烈，议论哲理，说，自古流沙不容清泉，清泉避之流沙，在此渊含止水相斗相生，矛盾得以一统，一统包容运动；接着便吟出古诗一首："四面风沙飞野马，一潭云影幻游龙。"此人姓甚名谁，不可得知，但黑发浓眉，明目皓齿，风华正茂，是一起赳少男啊。

安西大漠风行

　　癸亥八月十一日，行至桥湾，吃多了白兰瓜，腹泻不止，便不去搭车受时间的约束，雇骆驼悠悠往安西去。前晌，距安西城百十里，忽起风，帽子吹落在地，滚轮而去不知了踪影，骆驼嘶鸣，常常停下来作踌躇状。看大漠却并无烟尘，太阳照着，正空空洞洞地晴。奇怪之，领驼人曰：没有树木，风便有力无形。在驼峰中一扬身，果然发抛竖直根根似铿锵有声。时走时歇，又半晌，远近一层玄武岩碎石覆盖，焦黑如烧过的灰渣，令人恐惧。接着，渐渐有了黄土，却堆得奇形怪状，如台，如塔，如柱，如盏，可喜的是有了沙蒿一丛一丛的，每一丛就巩固一个土丘，均匀分布，如是坟冢。风集中成旋转的一般，从坟冢间移动，袅袅扶摇，方向不能固定。还是没有飞鸟，三匹四匹野生骆驼，背负着大山，仄着头在远处出现，偶尔有了一片羊，肥得是一群肉的咕涌，身子雪白，眼

017

子乌黑，像戴了墨镜。正午，风更大作，羊群顺风儿跑去，旋风的弧烟倏忽消失，大漠更是一片空明，却强硬不可前进。骆驼褁腿不走，下坡拉缰绳牵制，人不能站直，俯身六十度而不倒，骆驼躁怒，遂喷唾液，竟半盆之多，盖头泼来，腥恶窒人气息。只好拉骆驼在一根土柱后卧下等待。问领驼人：这土柱是风堆起来的吗？回答却出乎意料：风蚀而成。俯地看那坟冢般的沙蒿土丘，却在风中加高。由此引出好多思想：这里的黄土被风蚀成塔林，塔林一点点风化，玄武石片覆盖一切，但新的黄土堆又在沙蒿下形成突出，越聚越大，连成一片，风又开始腐蚀……以此反复，毁坏一切，又生造一切。大漠一定是有精灵的了，一片焦黑并不等于全然死寂，生死的抗争在编写着一部缓慢的历史。风突然停息了，但立即，远远的地方出现了浩渺的海水，而且快极快极地漫延了过来，我惊慌爬上驼峰，水终没有到眼前。领驼人告诉那是海市蜃楼，在这里随时便可见的。果真那水越来越大，在地平线上连成一片，且开始出现一痕远山，有了孤岛，有了卧桥，有楼台林丛，有船，豆点人物。我锐声大叫，心里说：富贵的人做的是噩梦，贫穷的人做的是美梦，这海市蜃楼莫非是大漠的迷离的梦了？因为它太荒寂，梦才如此丰富；它太痛苦，梦才这么神化。这理想的浪漫主义的艺术，天地自然都会创造，何况人乎？一路荒唐想着，直到天黑，终于到了安西城。

一九八三年九月二十三日追记

红石峡

　　这是沙漠中唯一的石峡，石峡是红的。如果认定沙漠上的沙是塞外大火后的灰烬，那么它就是灰烬里烧焦的铁的凝锈。亏得一条玉溪河，坦坦地，又是成心地冲刷，使它裸露了形骸。沙漠上不可能建筑五脊六兽的神的殿堂，人就在石峡的壁上凿洞，不用泥塑，依石雕出许多栩栩如生的神像。洞如蜂巢一般，一层一层，被峡壁风蚀后的流水似的石线联系网络，有一种黑色的硬壳的爬虫在默然移动。道士已经没有了，于是也没有了布施的香客。空空的洞穴里，泥涂的墙皮剥脱无余，看不见任何壁画，但石壁天然的纹路却自成了无数绝妙的线条，如沙漠起伏，如云，如流水，如现代抽象派的艺术。清晰的是那一个一个洞顶上刻饰的阴阳太极八卦图，在静静地推算着黑白交替的昼夜，如流沙在风里懒懒地移动，河水在峡底的沙层上相吞相啮出一种微妙的律音。

水可以将石子运动为沙，风也可以将石子运动为沙。这里的沙就细腻为土，但绝对是沙，干净无泥。漫过的水退了，沙依然保持水流的模样，像打皱的卫生纸，像兽的足迹，或许是远古的一种象形的文字。赤了脚涉在浅水里，脚的感觉如踩在玻璃上，看粉一样的沙流从脚面流过，抽出脚，随风又干了，是一层霜白。若双脚使劲在一处踏踏，又会不自觉地陷下去，越陷越快，似乎一直会没了顶去。立定看河边的柳树，皆粗大，桩敦实强壮，枝叶隆起如蘑菇状，翠绿得十分新鲜。绿之间，露出一节一节红石堤岸，水在下边淘空了，上边却依旧坚硬，突出如板。上游引渡的流水钻进了峡壁中的空隙，又分流出来，从板石上流下，扯得匀匀的，看去如滚珠一样，一颗一颗洒落下来。

峡壁除了神洞，就是历代官人的题字，小者如碟，大者如席。大自然成全了人，人塑造了神，神又昭著了官人。这就是胜地，今日，大凡到榆林塞上的人都来这里游览，人人不见神塑，对神茫然，人人对做官人的好处模糊不清，对官人的题字却看得清清楚楚。他们差不多一直游览到天黑，燃一堆篝火，在还原的大自然中一直要游玩到天亮。

柳　湖

柳湖在陇东的平凉，是有柳有湖，一片柳林之中一个湖的公园，我却在那里看到了两个湖的柳和柳的两个湖。

当时正落细雨，从南门而进。南门开在城边，城是坐的高坡上，一到城沿，也就走到了湖边。这是一个柳的湖。柳在别处是婀娜形象，在此却刚健，它不是女儿的，是伟岸的丈夫，皆高达数十丈，这是因为它们生存的地势低下，所以就竭力往上长，在通往天空的激烈竞争的进程中，它们需要自强，需要自尊，故每一棵出地一人高便生横枝，几乎又由大而小，层层递进，形成塔的建筑。从坡沿的台阶往下看，到处是绿的堆，堆谷处深绿，堆巅处浅绿，有的凝重，似乎里边沉淀了铁的东西，有的清嫩，波闪着一种袅袅的不可收揽的霞色，尤其风里绿堆涌动，偶尔显出的附长着一层苔毛的树身，新鲜可爱，疑心那是被光透射的灯柱一般的灵物。雨时下时歇，雾就忽聚忽散，此湖就感觉到特别地深，水有扑上来的可能，令人在那里不敢久站。

顺着台阶往下走，想象做潜水，下一个台阶，湖就往上升一个台阶；愈走，湖就愈不感觉存在了。有雨滴下，不再是霏霏的，凝聚了大颗，于柳枝上滑行了很长时间，在地面上摔响了金属碎裂的脆音。但却又走进一个湖。这是水的湖，圆形，并不大的。水的颜色是发绿，绿中又有白粉，粉里又掺着灰黄，软软的腻腻的，什么色都不似了，这水只能就是这里的水。从湖边走过，想步量出湖的围长，步子却老走不准，记不住始于何处，终于何处，只是兜着一个圆。恐怕圆是满的象征吧，这湖给人的情感也是满的。湖边的柳，密密地围了一匝，根如龙爪一般抓在地里，这根和湖沿就铁质似的洁滑，幽幽生光。但湖不识多深，柳的倒影全在湖里，湖就感觉不是水了，是柳。以岸沿为界，同时有两片柳，一片往上，一片往下，上边的织一个密密的网，下边的也织一个密密的网。到这时我才有所理解这些低贱的柳树，正因为低贱，才在空中生出一个湖，在地下延长一湖，将它们美丽的绿的情思和理想充满这天地宇宙，供这块北方的黄色太阳之下黄色土壤之上的烦嚣的城镇得以安宁，供天下来这里的燥热的人得以"平凉"。

这是甲子年八月十四日的游事，第二天就是中秋，好雨知时节，故雨也停了。夜里赏月，那月总感觉是我所游过的湖，便疑心那月中的影子不再是桂树，是柳。

平凉崆峒山笔记

一、路记

崆峒是一座极雄伟豪华的建筑，进入它，前山有路，后山也有路。前山路是砭道，近，细瘦如绳，所有的平民在这里攀缘。后山是车路，远而弯曲迂回不能通行大车，只有坐小车的人走。山对于人都是自然，路于人却有层次，这是佛道也管不了的。

但不论前路后路，路面都不平坦，美好的境界是不可轻易而得的，所以一满石头，花白滚圆，思想得出这又是雨天的水道。到了八月，萧萧落叶，又一起集中在路上，深余四指，埋没一切凹凸，灿灿辉煌，如进圣殿的地毯。到了山中，看四个井字形峰头，路更不可捉摸，几乎是随脚而生，拐弯，便以树根环绕，到崖嘴就有楼阁，路又穿过楼阁下门洞，青石铺成，起津津清凉。

直到悬崖陡壁前了，路一变而成石凿台级，直端端如梯，梯甚至向外凸，弓一样的惊险。有一"黄帝问道处"，黄帝且不知路该何处走了，游客更觉前途不测，回首路又不复再见，群木波涌，满世界的杂色。一步一景，步步深入，每每百步之处，其景则异变，令人不知身在何处，惊奇良久，方醒悟到人间、仙境果有不同啊！

行至最高峰，谁也不知是从哪里来，又要从哪儿归去，路全然消失，唯见山下泾河长流乃及远，身旁古塔直上而成高。这个时候，崆峒的自然同一了人的自然。佛道若真有神灵，神灵视人是一类的：人从不同的路来，路将人引到共同的高点，是人皆享到了极乐。

二、树记

以松为主，兼生杂木。

皆不主张直立，肆意横行，不需要修剪，用不着矫饰。八月是深秋之季，枝条僵硬，预示着冬临里的一年一度的干枯，叶子都变色了，为红，为黄，为灰，色彩鲜艳原来并不是好事，而是要脱落前的变态的得意和显耀。愈是这般鲜艳，近看却感觉晕起的色团很轻很淡，树桩、树杈，甚至指粗的枝条就愈黑得浓重，这浓重的黑才似乎使这些色晕不至于是云是雾而飘然离去。

每一棵树上都生苔藓，有的如裹了绿栽绒，有的生白斑，白中透青，如贴了无数的生锈古铜钱，有的则丛生木耳，其实并不是木耳，是一种极薄极软的菌片，如骤然飞落的黑蝴蝶。更有一种白色苔瓣，恰似海边贝壳，齐齐地立嵌树身，几乎要化作冲天的玉鳞巨龙扶摇而去，使人叹为观止。

有老松，其松塔与叶同等，那是年年不曾落脱的，年年又新生而死的积累，记录着它们传种接代而未能及的遗憾，或是行将暮年，对往事所做的历历在目般的回忆。

俯视远处那一面上下贯通的石壁前，有一树，叶子全然早落了，只有由粗及细而为权的枝，初看是铁的铸造，久看就疑心那已不是树了，是石壁的裂缝。而仰观面前的石崖上，无坎无草，却突兀兀生就一树，凝黑的根为了寻找吸趴的方位，在石崖上来回上下盘绕，形如肿瘤，最后斜长而去，实在是一面绝妙的腾飞的龙的浮雕。

谁也想象不到，在山顶之上的高塔之巅，竟有两树，高数丈，粗几握，扎根的土在哪里，吸收的水又在何处，是哲人也百思不得一解。

间或就有一种枫，已经十分之老，不图高长，一味粗壮，样子幼稚笨拙，但枝条却分散得万般柔细，如女子秀发。叶子未落，密不密的，疏不疏的，有五角，色赤黄，风里摇曳，简直是一片闪烁的金星。

一个树是一个构造。

除了庙堂前有两棵象征神威的蛇皮松，高大无比，端直成栋梁材，别的任何地位的松、柏、栲、檞、楝及杂荆杂木，皆根咬石崖，身凌空而去。崆峒的树是以丑为美的，不苦为应用，一任自由自在，这就是这个世界丰富的原因，也正是崆峒之所以是崆峒的所在。

　　　　　　　　　　　　　　　急草于一九八五年十月十日早

走进塔里木

　　八月里走塔里木，为的是看油田大会战。沿着那条震惊了世界的沙漠公路深入，知道了塔克拉玛干为什么称死亡之海，知道了中国人向大漠要油的决心有多大。那日的太阳极好，红得眼睛也难以睁开，喉咙冒烟，嘴唇干裂，浑身的皮也明显地觉得发紧。车上的司机告诉说，地表温度最高时是七十度，那才叫个烤呀！公路未修的时候，车队载着人和物资从库尔勒出发，沿着塔里木盆地边沿走，经过阿克苏，经过喀什，再到和田，这是多么漫长的道路，然后沙漠车才能进入塔克拉玛干腹地。这么一趟回来，人干巴巴的，完全都失了形！司机的话使我们看重了车上带着的那几瓶矿泉水，并且相互恶作剧，拧对方的肉，问：熟了没？喉咙也就疼得咽不下唾沫，将手巾弄湿捂在口鼻上。在热气里闷蒸了两个小时，突然间却起风了，先是柏油路上沙流如蛇，如烟，再就看见路边有人骑毛驴，人同毛驴全歪得四十度斜角地走，倏忽飘起，像剪纸一般落在远处的沙梁上。天开始黑暗，太阳不知坠到哪里去了，前边一直有四辆装载着木箱的卡车在疾驶，一辆已经在风中掀翻了，另外的三辆停在那里用绳索拉扯，仍摇晃如船。我们的小车是不敢停的，停下来就有可能打滚，但开得快又有御风起空的危险。司机说，这毕竟还不是大沙暴，在修这条公路和钻井的时候，大沙暴卷走了许多器械，单是推土机就有十多台没踪影了。我们紧张得脸都煞白了，幸好大的沙暴并没有发生，而沉甸甸的雾和沙尘，使车灯打开也难见路。艰艰难难地赶到塔中，风沙大得车门推不开，迎接我们的工人已都穿着棉大衣，谁也不敢张嘴，张嘴一口沙。

接待我们的是副调度长王兆霖，人称沙漠王的，他笑着说：中央领导每次来，天气总是好的，你们一来就坏了？我们也笑了，说这正是老天想让我们好好体验体验这里的生活嘛！

我们走进了大漠腹地，大漠让我们在一天之内看到了它多种面目，我们不是为浪漫而来，也不是为觅寻海市蜃楼和孤烟直长的诗句。塔里木大到一个法国的面积，号称第二个中东，它的石油储量最为丰富，地面自然条件又最为恶劣，地下地质结构又最为复杂，国家石油开发战略转移，二十一世纪中国石油的命运在此所系，那么，这里演动着的是一场什么样的故事，这里的人如何为着自己的生存和为着壮丽的理想在奋斗呢？我们在塔中始终未逢到好天气，风沙依旧肆虐，所带的衣服全然穿在身上，仍冻得嘴脸乌青。沙漠王是典型的石油人性格，高声快语，又诙谐有趣，领我们去看第一口千吨井，讲这里的过去，讲这里的将来，去英雄的沙漠车队，介绍每一个司机的故事，去看用铁板铺成跑道的飞机场，亲自坐上沙漠车在沙梁间奔驰，领受颠簸的滋味，去看各处的活动房，去看工人床头上都放的什么书。在过去有关大庆油田的影视中，我们了解了石油人生活的简陋，而眼前的塔里木，自然条件的恶劣更甚于大庆，但生活区的活动房里却也很现代化了，有电视录像看，有空调机和淋浴器，吃的喝的全都从库尔勒运进，竟也节约下水办起了绿色试验园，绿草簇簇，花在风沙弥漫的黄昏里明亮。艰苦奋斗永远是石油人生活的主旋律，但石油人并不是只会做苦行僧，他们在用着干打垒的精神摧毁着干打垒，这里仍是改革的前沿阵地。不论是筑路、钻井、修房和运输，生产体制已经与世界接轨，机械和工艺是世界一流，效益当然也是高效益，新的时代，新的石油人，在荒凉的大漠里，为国家铸造着新的辉煌。

我们在沙漠腹地的日子并不长，嘴里的沙子总是刷不净，忽冷忽热的气候难以适应，我就感冒了，又开始拉肚子，但我们太喜欢那红色的信号服和安全帽，喜欢去井位，在飓风中爬井台，虽然到底弄不明白那里的生产程序和机械名称，却还要喋喋不休地问这问那。新疆是中国最大气的地方，过去的年月里容纳了多少逃难的人，逃婚的人，甚至逃罪的人，而今的塔里木油田上，为了一个共同的目标，五湖四海的人走到一起。塔里木改变了他们的人生观，培养了他们特有的性格和行为方式。他们是那样好客，给你说，给你唱，却极少提到这里的艰苦，也不抱怨这恶劣的气候，说许多趣话，甚至那些带彩的段子，使你感受到生命的蓬勃和饱满。我们采访了那些在石油战线上奋斗了一生的老大学生，更多地采访了那些才从大学毕业分配来的大学生，问他们为什么没有留在大城市，没有去东南沿海地区。他们对这些似乎毫无兴趣，只是互相戏谑。谁谁在这里举行婚礼的那天，竟自己喝醉了酒，沉睡得一夜不起。谁谁去出车，车在半途坏了，爬了两天两夜，又饥又渴昏倒在沙梁上，幸亏派飞机搜索才救回来，去修那辆车时，才发现车座下面还有着一瓶矿泉水的，真是笨得要死。谁谁的媳妇千里迢迢到库尔勒，指挥部派专车将人送到工地，说好明日再送回库尔勒，可活该倒霉，这一夜却起了特大沙暴，甭说亲热，连睁大眼睛端详一下媳妇都不可能。这些年轻人给我们留下了极深的印象，从沙漠回来后，当我们在繁华的城市坐着小车，就每每想起了他们。世上有许多东西我们一时一刻离不了，但我们却常常忽略，如太阳如空气，我们每日坐车，就忘了车的行走需要的是石油！现在的小孩子，肚子饥了要馍馍吃，馍馍是哪儿来的，孩子们只知道馍馍是从厨房来的。我们也做过一次小小的调查，问过十三个坐车的人：车没油了怎么办？回答都是：去加油站啊！谁又知道发生在沙漠中的这些极普通又极普遍的故事呢？

　　接触了不同岗位不同层次的石油人，临走时，我们见到了塔指（塔里木石油勘探开发指挥部）的三个领导。邱中建，这是石油战线上无人不晓的一个名字，他的一生几乎与中国所有的大油田的历史连在一起，如今已经六十多岁的人，祖国需要他到塔里木来，需要他来指挥这一场新体制新工艺高水平高效益的石油大会战，他离开了北京和家人，一人就长年待在塔里木。钟树德呢，这位塔指的大功臣，为了中国的石油事业，他献出了自己的一只眼睛。他自始至终在塔指，大漠中的每一口井台上都流过他的血汗。当我们见到他的时候，他才从塔中回到库尔勒不久，而那只完全失明的眼睛，因失去了功能，沙子落进去，摩擦得还是血红血红。梁狄刚更是个传奇人物，他的母亲居住在香港，年纪大了，一直希望他也能定居香港，但他虽是大孝子，可忠孝难两全，当中央电视台的记者采访他时，他没有什么华丽的辞藻，只说了一句，我不能丢弃我的专业。与这些领导交谈，你如坐在一张世界地图前，坐在一张中国地图前，他们的襟怀和视角是那么大，绝口不提自己的事，只强调这一生就是要为中国找石油。塔里木油田可能是他们人生最后要找的一个大油田了，党和人民让他们来，这就是他们一生最大的幸福。但他们压力很大，历史的重任使他们不敢懈怠，使他们只有日日夜夜超负荷地工作着。

我们去塔里木，我们是几个普通得不能再普通的人，又行色匆匆，但石油人却是那样的热情！所到之处，工人们让签字。签什么字呀，一个作家浪得再有虚名，即就是写出的书到处有人读，而比起石油人是多么微不足道啊！他们一有机会就让我写毛笔字，我写惯了那些唐诗宋词，我依旧要这么写时，工人们却自己想词，他们想出的词几乎全是豪言壮语。这些豪言壮语在别的地方已经消失了，或者有，只是领导的鼓动词，而这里的工人却已经将这些语言渗进了自己的生活，他们实实在在，没有丁点虚伪和矫饰，他们就是这样干的，信仰和力量就来自这里。于是，我遵嘱写下的差不多都是"笑傲沙海""生命在大漠""我为祖国献石油"等等。写毕字，晚上躺下，眼前总还是这些石油人的一张张黑红的面孔，想，这里真是一块别种意义的净土啊，这就是涌动在石油战线上的清正之气，这也是支持一个民族的浩然之气啊！回到库尔勒，我们应邀在那里做报告。我们是作家，却并没有讲什么文学和文学写作的技巧，只是讲几天来我们的感受。是的，如何把恶劣的自然环境转化为生存的欢乐，如何把国家的重托和期望转化为工作的能量，如何把人性的种种欲求转化为特有的性格和语言，使我们进一步了解了石油人。如今社会，有些人在扮演着贪污腐化的角色，有些人在扮演着醉生梦死的角色，有些人在扮演着浮躁轻薄的角色，有些人在扮演着萎靡不振的角色，而石油人在扮演着自己的英雄角色。石油人的今生担当着的是找石油的事，人间的一股英雄气便驰骋纵横！

从沙漠腹地归来，经过了塔克拉玛干边沿的塔里木河，河道的旧址上是一眼望不到头的胡杨林。这些胡杨林证明着历史上海洋的存在，但现在它们全死了，成了之所以称为死亡之海的依据。这些枯死的胡杨粗大无比，树皮全无，枝条如铁如骨僵硬地撑在黄沙之上。据说，它们是千年不死，死了千年不倒，倒了千年不烂。去沙漠腹地时，我们路过这里，拍摄了无数的照片。胡杨林如一个远古战场的遗迹，悲壮得使我们要哭。返回再经过这里，我们又是停下来去拍摄。那里修公路时所堆起的松沙，扑扑腾腾涌到膝盖，我们大喊大叫。为什么呐喊，为谁呐喊，大家谁也没说，但心里又都明白，塔里木油田过去现在是没有个雕塑馆的，但有这个胡杨林，我们进入大漠腹地看到了当今的石油人，这些树就是石油人的形象，一树一个雕塑，一片林子就是一群英雄！我们狂热地在那里奔跑呐喊之后，就全跪倒在沙梁上，每人将矿泉水喝干，捧着沙子装了进去带走。这些沙子现在存放在我们各自的书房，我们不可能去当石油人，也不可能长时间生活在那里，而那个八月长留在记忆中，将要成为往后人生长途上要永嚼的一份干粮了。

一九九六年十月

通渭人家

　　通渭是甘肃的一个县。我去的时候正是五月，途经关中平原，到处是麦浪滚滚，成批成批的麦客蝗虫一般从东往西撵场子，他们背着铺盖，拿着镰刀，拥聚在车站、镇街的屋檐下和地头，与雇主谈条件，讲价钱，争吵，咒骂，甚或就大打出手。环境的污杂，交通的混乱，让人急迫而烦躁，却也感到收获的紧张和兴奋。一进入陇东高原，渐渐就清寂了，尤其过了会宁，车沿着苦丁河在千万个峁塬沟岭间弯来拐去，路上没有麦客，田里也没有麦子，甚至连一点绿的颜色都没有，看来，这个地区又是一个大旱年，颗粒无收了。太阳还是红堂堂地照着，风也像刚从火炉里喷出来，透过车窗玻璃，满世界里摇曳的是丝丝缕缕的白雾，搞不清是太阳下注的光线，还是从地上蒸腾的气焰，一切都变形了，开始是山，是路，是路边卷了叶子的树，再后是蹴在路边崖塄上发痴的人和人正看着不远处铁道上疾驶而过的火车。火车一吼长笛，然后是轰然的哐哐声。司机说：你听你听，火车都在说，甘肃——穷，穷，穷，穷……

我就是这样到了通渭。

通渭缺水，这在我来之前就听说的，来到通渭，其严重的缺水程度令我瞠目结舌。我住的宾馆里没有水，服务员关照了，提了一桶水放在房间供我洗脸和冲马桶，而别的住客则跑下楼去上旱厕。小小的县城正改造着一条老街，干燥的浮土像面粉一样，脚踩下去噗噗地就钻一鞋壳。小巷里一群人拥挤着在一个水龙头下接水，似乎是有人插队，引起众怒，铝盆被踢出来咣啷啷在路道上滚。一间私人诊所里，一老头趴在桌沿上接受肌肉注射，擦了一个棉球，又擦一个棉球，大夫训道：五个棉球都擦不净？！老头说：河里没水了嘛。城外河里是没水了，衣服洗不成，擦澡也不能，一只鸭子从已是一片糨糊的滩上往过走，看见了盆子大的一个水潭，潭里还聚着一团蝌蚪，中间的尾巴在极快地摆动，四边的却越摆越慢，最后就不动了，鸭子伸脖子去啄，泥黏得跌倒，白鸭子变成了黄鸭子。城里城外溜达了一圈，我踅近街房屋檐下的货摊上买矿泉水喝，摊边卧着的一条狗吐了舌头呼哧呼哧不停地喘，摊主骂道：你呼哧得烦不烦！然后就望着天问我那一疙瘩云能不能落下雨来。天上是有一疙瘩乌云，但飘着飘着，还没有飘过街的上空就散了。

我懦懦地回宾馆去，后悔着不该接受朋友的邀请，在这个时候来到了通渭，但是，我又一次驻脚在那个丁字路口了，因为斜对面的院门里，一个老太太正在为一个姑娘用线绞拔额上的汗毛，我知道这是在"开脸"，出嫁前必须做的工作。在这么热的天气里，她即将要做新娘了吗？姑娘开罢了脸，就站在那里梳头，那是多么长的一头黑发呀，她立在那里无法梳，便站在了凳子上，梳着梳着，一扭头，望见了我正在看她，赶忙过来把院门关了。院门的门环在晃荡着，安装门环的包铁突出饱圆，使我联想到了女人成熟的双乳。"往这儿看！"一个声音在说，我脸唰地红起来，扭过脖子，才发现这声音并不是在说我，而一个剃着光头的男人脖子上架了小儿就在我前面走。光头是一边走一边让小儿认街两边店铺门上的字，认得一个了，小儿用指头就在光头顶上写，写了一个又一个。大人问：怎么不写了？小儿说：后边有人看着我哩。我是笑着，一直跟他们走过了西街。

这天晚上，我见到了通渭县的县长，他的后脖是酱红颜色，有着几道褶纹，脖子伸长了，褶纹就成白的。县长是天黑才从乡下检查蓄水节溉工程回来，听说我来了就又赶到宾馆。我们一见如故，自然就聊起今年的旱情，聊起通渭的状况，他几乎一直在说通渭的好话，比如通渭人的生存史就是抗旱的历史，为了保住一瓢水，他们可以花万千力气，而一旦有了一瓢水，却又能干出万千的事来。比如，干旱和交通的不便使通渭成为整个甘肃最贫困的县，但通渭的民风却质朴淳厚，使你能想到陶潜的《桃花源记》。

"是吗？"我有些不以为然地冲着他笑，"孟子可是说过：衣食足，知礼仪。"

"孟子是不知道通渭的！"

"我也是到过许多农村，如果哪个地方民风淳厚，那个地方往往是和愚昧落后连在一起的……"

"可通渭恰恰是甘肃文化普及程度最高的县！"县长几乎有些生气了，他说明日他还要去乡下的，让我跟着他去亲眼看看，就不会说这样的话了。

我真的跟着县长去乡下了，转了一天，又转了一天。在走过的沟沟岔岔里，没有一块不是梯田的，且都是外高内低，挖着蓄水的塘，进入大的小的村庄，场畔有引水渠，巷道里有引水渠，分别通往人家门口的水窖。可以想象，天上如果下雨，雨水是不能浪费的，全然会流进地里和窖里。农民的一生，最大的业绩是在自己手里盖一院房子，而盖房子很重要的一项工程就是修水窖，于是便产生了窖工的职业。小的水窖可以盛几十立方水，大的则容量达到数千立方，能管待一村的人与畜的全年饮用。一户人家富裕不富裕，不仅看其家里有着多少大缸装着苞谷和麦子，有多少羊和农具衣物，还要看蓄有多少水。当然，他们的生活是非常简单的，待客最豪华的仪式是杀鸡，有公鸡杀公鸡，没公鸡就杀还在下蛋的母鸡，然后烙油饼。但是，无论什么人到了门口，首先会问道：你渴了没？不管你回答是渴着或是不渴，主人已经在为你熬茶了。通渭不产茶叶，窖水也不甘甜，虽然熬茶的火盆和茶具极其精致，熬出的茶都是黑红色，糊状的，能吊出线，而且就那么半杯。这种茶立即能止渴和提起神来，既节约了水又维系了人与人之间的亲情。

　　我出身于乡下，这几十年里也不知走过了多少村庄，但我从未见过像通渭人的农舍收拾得这么整洁，他们的房子有砖墙瓦顶的，更多的还是泥抹的土屋，但农具放的是地方，柴草放的是地方，连楔在墙上的木橛也似乎经过了精心的设计。厨房里大都有三个瓮按程序地沉淀着水，所有的碗碟涮洗干净了，碗口朝下错落地垒起来，灶火口也扫得干干净净。越是缺水，越是喜欢着花草树木，广大的山上即便无能力植被，自家的院子里却一定要种几棵树，栽几朵花，天天省着水去浇，一枝一叶精心得像照看自己的儿女。我经过一个卧在半山窝的小村庄时，一抬头，一堵土院墙内高高地长着一株牡丹，虽不是花开的季节，枝叶隆起却如一个笸篮那么大。山沟人家能栽牡丹，牡丹竟长得这般高大，我惊得大呼小叫，说：这家肯定生养了漂亮女人！敲门进去，果然女主人长得明眸皓齿，正翻来覆去在一些盆里倒换着水。我不明白这是干啥，她笑着说穷折腾哩，指着这个盆里是洗过脸洗过手的水，那个盆里是涮过锅净过碗的水，这么过滤着，把清亮的水喂牲口和洗衣服，洗过衣服了再浇牡丹的。水要这么合理利用，使我感慨不已，对着县长说：瞧呀，鞋都摆得这么整齐！台阶上是有着七八双鞋，差不多都破得有了补丁，却大小分开摆成一溜儿。女主人倒有些不好意思了，说：图个心里干净嘛！

正是心里干净，通渭人处处表现着他们精神的高贵。你可以顿顿吃野菜喝稀汤，但家里不能没有一张饭桌；你可以出门了穿的衣裳破旧，但不能不洗不浆；你可以一个大字不识，但中堂上不能不挂字画。有好几次饭时我经过村庄的巷道，两边门口蹲着吃饭的老老少少全站起来招呼，我当然是要吃那么一个蒸熟的洋芋的，蘸着盐巴和他们说几句天气和收成，总能听到说谁家的门风好，出了孝子。我先是不解这话的意思，后来才弄清他们把能考上大学的孩子称作孝子，是说一个孩子若能考上大学就为父母省去好多熬煎，若是这孩子考不上学，父母就遭罪了。重视教育，这在中国许多贫困地区是共同的特点，往往最贫穷的地方升学率最高，这可以看作是人们把极力摆脱贫困的希望放在了升学上。通渭也是这样，它的高考升学率一直在甘肃是名列前茅，但通渭除了重视教育外，已经扩而大之到尊重文字，以至于对书法的收藏发展到了一种难以想象的疯狂地步。在过去，各地都有焚纸炉，除了官府衙门焚化作废的公文档案外，民间有专门捡拾废纸的人，捡了废纸就集中焚烧，许多村镇还贴有"敬惜字纸"的警示标语，以为不珍惜字与纸的，便会沦为文盲，即使已经是文人学子也将退化学识。现在全县九万户人家，不敢说百分之百家里收藏书法作品，却可以肯定百分之九十五的人家墙上挂有中堂和条幅。我到过一些家境富裕的农民家，正房里、厦屋里每面墙上悬挂了装裱得极好的书法作品，也去过那些日子苦焦的人家，什么家当都没有，墙上仍挂着字。仔细看了，有些是明清时一些国内大家的作品，相当有价值，而更多的则是通渭县现当代书家所写。县长说，通渭人爱字成风，写字也成风，仅现在成为全国书法家协会会员的人数，通渭是全省第一，而成为省书协会员的人数，在省内各县中通渭又是第一。书法有市场，书法家就多，书法家多，装饰店就多，小小县城里就有十多家，而且生意都好。我在一个只有十几户人家的小山村里，见到了其中三家挂有于右任和左宗棠的字，而一家的主人并不认字，墙上的对联竟是"玉楼宴罢醉和春，千杯饮后娇伺夜"。在另一家，一幅巨大的中堂，几乎占了半面墙壁，而且纸张发黄变脆，烟熏火燎得字已经模糊不清。我问这是谁的作品，主人说不知道，他爷爷在世时就挂在老宅里，他父亲手里重新裱糊过一次，待他重盖了新屋，又拿来挂的。我仔细地辨了落款是"靖仁"，去讨教村中老者，问靖仁是谁，老者说：靖仁呀，是前沟栓子他爷么，老汉活着的时候是小学的教书先生！把一个小学教师的字几代人挂在墙上，这令我吃惊。县长说，通渭有许多大的收藏家，那确实是不得了的宝贝，而一般人家贴挂字是不讲究什么名家不名家的，但一定得要求写字人的德行和长相，德行不高的人家写得再好，那不能挂在正堂，长相丑恶者也只能挂在偏屋，因为正堂的字前常年要摆香火的。

从乡下回到县城，许多人已经知道我来通渭了，便缠着要我为他们写字，可我怎么也想不到，来的有县上领导也有摆杂货摊的小贩，连宾馆看守院门的老头也三番五次地来。我越写来的人越多，邀我来的朋友见我不得安宁，就宣布谁再让写字就得掏钱，便真的有人拿了钱来买，也有人揣一个瓷碗，提一个陶罐，说是文物来换字，还有掏不出钱的，给我说好话，说得甚至要下跪，不给一个两个字就抱住门框不走。我已经写烦了，再不敢待在宾馆，去朋友家玩到半夜回来，房间门口还是站着五六个人。我说我不写字了，他们说他们坚决不向我索字，只是想看看我怎么写字。

在西安城里，书画的市场是很大的，书画却往往做了贿品，去办升迁、调动、打官司或者贷款，我的情况就是如此，我也曾戏谑自己的字画推波助澜了腐败现象。但是在通渭，字画更多的是普通老百姓自己收藏，他们的喜爱成了风俗，甚至是一种教化和信仰。

在一个村里，县长领我去见一位老者，说老者虽不是村长，但威望很高。六月的天是晒丝绸的，村人没有丝绸，晒的却是字画，这位老者院子里晒的字画最多，惹得好多人都去看，他家老少出来脸面犹如盆子大。我对老者说，你在村里能主持公道，是不是因为藏字画最多？他说：连字画都没有，谁还听你说话呀？县长就来劲了，叫嚷着他也为村人写几幅字，立即笔墨纸砚就摆开了，县长的字写得还真好，他写的是"一等人忠臣孝子，两件事读书耕田"，写毕了，问道：怎么样？我说：好！他说：是字好还是内容好？我说字好内容好通渭好，在别的地方，维系社会或许靠法律和金钱，而通渭崇尚的是耕读道德。县长就让我也写写，讲明是不能收钱的，我提笔写了几张，写得高兴了，竟写了我曾在华山上见到的吉祥联：太华顶上玉井莲，花开十丈藕如船。

这天下午，一场雨就哗哗地降临了。村人欢乐得如过年节，我却躺在一面土炕上睡着了，醒来，县长还在旁边鼾声如雷。

几天后，我离开了通渭，临走时县长拉着我，一边搓着我胳膊上晒得脱下的皮屑，一边说：你来的不是好季节，又拉着你到处跑，让你受热受渴了。我告诉他：我来通渭正是时候！我还要来通渭，带上我那些文朋书友，他们厌恶着城市的颓废和堕落，却又不得不置身于城市里那些充满铜臭与权柄操作的艺术事业中而浮躁痛苦着，我要让他们都来一回通渭！

吉祥的一次

二〇〇〇年秋天，我沿古丝绸之路走了一趟。在嘉峪关，接待我的是部队上的同志，说他们偶然发现了一个怪坡，上去容易下来难，外界还没人知道，问有没有兴趣去看看。这当然有兴趣啦，水往低处流，人往高处走，而往高处走又不费力气，那是多好的事！下午便驱车往嘉峪关南的文殊山赶去。

文殊山外是一大片戈壁。介绍说这里曾出没过黄羊，但二十年来做了某装甲部队的训练演习基地，便什么也没有了。车子往前走，颠簸得如浪中的船，果然除了沙石、骆驼草和作为靶点的土墩，天上没见到一只麻雀，地上拉一泡大便也招不来个苍蝇。西边天地苍茫处有一股直直的白烟，才念了一句"大漠孤烟直"，白烟就到了眼前，原来是小的龙卷风。

一小时后，车靠近了文殊山，能看见了山上的积雪。到一面长长的斜坡上，陪同的人说：到了。坡面确实是陡的，车加大了马力，下行仍是缓慢，到坡底调过车头，已经熄灭了火，仅仅松开闸，却急速地往坡上滑去。这情形若不是亲眼见到，说给谁都以为在说谎。司机让我亲自试试，我不敢，因为我从未摸过方向盘，但我将一只备用的车轮从坡下往上一推，车轮竟快得追不上。我大呼小叫同伴快给我照相啊，天下若都有这样的路，我哪儿也能上去了。

我毫不费力地跑上坡顶，卧在那里，感觉我是高人。

我提议这怪坡不要公开。

天近了黄昏，我们恋恋不舍地要返回，回去了三四里又停下来扭头看，企图再从远处给怪坡拍一张相，但更奇异的事就发生了，在距我十米外的一条干水沟畔出现了两只小黄羊！黄羊刚才在什么地方，怎么就突然站在那里，我们全都回不过神来，待齐声惊叫：黄羊！黄羊！黄羊向前跑了数米，四肢轻巧得如舞蹈，又立定了，又回头看我们，遂一股风般跑远，最后和戈壁的颜色融在一起，什么也没有了。同伴说二十年了从来还未见过有黄羊呀，今日怎么就这般奇怪，又遗憾没有带枪来，要不晚上就可以有一顿野味餐了。

我说：就是带枪，也不能打的，它是瑞兽，绝对是瑞兽。

这一天是九月的十五日。

二〇〇〇年十月十三日记

西路上

一、一个丑陋的汉人终于上路

我在右大腿根的一块肌肉发生麻痹的那个夏天，决定着再一次去西部。去西部，每隔三四年就要去一回，这几乎成了我的功课。我向人夸耀着，我是在沙漠上见过被风吹了出来的古干尸的，并且敲打过他的牙齿，他的牙齿没有铲形的门牙，但也是黄的。是在雪山底下的胡杨林里追赶过红狐，接受过一次很年轻的活佛的摩顶。也还是在捡拾硅化木的路上遇见了强劲的沙尘而与一位维吾尔姑娘偎藏于坑窝子里，度过了一个浪漫的下午。西部的大部分城镇已经走过，每走一个城镇，写一篇日记，写毕了用钢笔尖在身上扎一个点，血流出来，墨汁渗进去，留下戳记，我说，若死后被剥下皮来，那将是一张别有意义的旅游图。西部对于我是另一个世界，纠缠了我二十多年的肝病就是去西部一次好转一次，以至毒素排出，彻底康复。更重要的是逃离了生活圈子的窒息，愈往边地去愈亲近了文学，我和我的影子快乐着。

这个夏天的决定，计划里是走一走丝路。

我的灵魂时常出窍。一个晚上，我坐在了案桌上，看着已经在沙发上一动不动了很久的平凹，觉得这个矮小而丑陋的汉人要去丝路真是可笑。古人讲做学问要读万卷的书行万里的路，他默数着已经去了西部几万里路了吧，可古人的行是徒步的或骑了一头毛驴，日出而动身，日落而安息，走到哪儿吃在那儿住在那儿，遭遇突如其来的饥渴、病痛、风雨和土匪，那是真正体验着生命的存在，而他的几万里则是坐了飞机和火车，一觉醒来从西安到了乌鲁木齐或从乌鲁木齐到了喀什到了伊犁。城市都是一样的水泥的山村，都一样的有着站着警卫的政府大院和超市。因事耽搁了吃饭时间的肚子饥和乞讨者吃了上顿不知下顿在哪儿的肚子饥绝对是两码事儿！灵魂又回归到了身体。当灵魂和身体都感到寂寞之时的西行计划里，我邀请了三位朋友，说：徒步是不现实的，那就搭上汽车，一个县一个县地行动吧。

朋友的回应轰然如雷，他们欢呼着能去印度，去波斯，去欧洲了。但我说最多只到乌鲁木齐，古时的西域十六国那仅是丝绸的集散地，而真正的丝路，就是西安到安西和敦煌。

我在家开始了大量翻阅有关丝路的资料，一边加紧治疗身体的疾病。我是脑供血严重的不足——恐怕是小时候饿坏了脑子和中年期的烦闷所致——每年的冬天要注射七天的丹参液，现在我得提前进行。怨恨的是右大腿根的麻痹一时难以治愈，虽无大碍，但接二连三做梦，都是骑了自行车不得下来，结果冲进人窝，紧张地喊：啊！啊！连人带车倒地，还撞伤了别人。

宗林，我在陕西安康的一个高颧骨的朋友（也是第一个被我邀请同行的），给我带来了一盒膏药和两张与丝路有联系的照片。膏药贴上无济于事，照片却让我激动不已。一张照片摄自安康博物馆，是一只金蛋，说在安康志上记载，汉朝政府推行奖励桑农的政策，凡有植万株桑者，可奖励一只金蛋。一张照片是一个村镇路口的石碑，上面隶书：高鼻梁村。这令我一下子豁然明白汉代的丝路为什么从长安城起点，那不仅因为长安城是汉代国都，也是因为长安城所在的陕西南部盛产丝绸，如今以产丝绸闻名的苏杭，那时还恐怕多是一片水泽吧。而高鼻梁村，必曾是洋人去采购丝绸的驻地了。洋人在高鼻梁村如何采购丝绸，那鹰钩鼻和卷毛发怎样被山地人取笑？我想起了茂陵博物馆的汉朝官员接见外国使者的壁画，哎呀，那使者是躬腰拱手，低眉顺眼，一脸的紧张和猥琐！到茂陵去——我说——拜拜霍去病，路是有路神的，霍去病是丝路的神。在到处是受美国影响的今日，喊一声我们的祖先也曾经阔过，做阿Q也是十分的开心。

霍去病的陵墓是高大的。过去无数次地来到这里，为的是那些举世闻名的石雕艺术，膝盖就软下去，放声大哭。现在在陵前捡起一块汉时的瓦的碎片，瓦片上恰好有一个小孔，打打磨磨，打磨了半天拴绳儿系在脖项，发问埋下一粒种子可以收获万斛的粮食，咸阳塬上埋下了这么伟大的人物，它将生长出什么呢？陵墓不是浑圆状，如山的土堆高低起伏，如燃烧的黑色的火焰。陵墓管理人员讲，陵墓是以祁连山的形状建造的。噢，这就对了！武曌以山建陵，将一个女人模样仰躺在大平原上，她是希望自己是一座高山，而亘绵千里的风雪祁连却整个儿是为霍去病存在的！我在系着的瓦片碎块上用笔写了"去病"二字——我不知道霍去病的名字是他的母亲为了希愿私生下来体弱的儿子强壮起来呢，还是汉武帝为他赐名，因为只有他才可以去掉汉朝常被匈奴困扰的心病？——我为我的西行成为一次身心的逃亡，或可称作一次精神出路的拓通吧。

正如死与生俱来，生的目的就是死亡一样，我总想将心放飞又怎能放心呢？在系着了写有"去病"字样的汉瓦碎块的第四天，哗哗的一场雨淋湿了我晾在阳台的衣服，也淋湿了西行的欲火，至少我在一日复一日地拖延着时间。已经说好了的，一块上路的三个朋友不停地打电话催促，我只是以别的事搪塞着，说还得搜寻些丝路的资料，譬如，正在读斯文·赫定的《丝绸之路》。

其实，斯文·赫定的书我早读罢。我之所以迟迟不能上路，是我喜欢上了一个女人。

人是有缺点的，尤其是男人，每一个男人在一生中遇见自己心仪的女人都会怦然心动，这好比结婚后还要自慰一样。我以往的好处是，对女人产生着莫大的敬畏，遇见美丽的女人要么赶快走开要么赞美几句，而且坚信赞美女人可以使丑陋的男人崇高起来。但这一次，当奇缘突至（我只能解释为命中所定），我深陷其中，不能自拔。她说：你病了？！我可能是病了，爱情是一场病。我的身子和灵魂又开始分离，好几次经过了她的房子和停留在电话亭，我已经坐在了她家的铺着花格床单的床沿上，我看见平凹在房门踏了一片脚印又走开了，我已经与她像各躺在云头上聊起天了，平凹拿起了电话筒又把电话筒放下。这女人是冷傲的，她的美丽和聪慧像湖一样清风徐来水波不兴，你走进去，扑通却没了头顶。如果她仅仅是美丽，美丽的女人在西安街头多如流云——在我的印象里，美丽的女人是傻笨的，她们不读书，不爱艺术，追求时尚和金钱——可她是一位出色的表现主义画家。西安是传统文化厚重的城市，而她的画有强烈的主观色彩，色彩、构图都推向极致，又充满了焦虑、迷惘和激情。更令我赞赏的是她并不是无关痛痒的画家，画面处处在强调着一种时代的精神。我已经老大不小了，而且旷世之丑，我与她的交往并不是要干什么——虽然爱是做出来的——但我无法保持我平日的尊严。人到了轻易不肯说出爱的年龄，这个字说出来了，我活得累她也感到与我在一起时的沉重。在她不能应约而来的时候，我就画马，因为她属马，又特别爱马，那长发、满胸、蜂腰、肥臀以及修长挺拔的双腿，若爬下去绝对是马的人化。那些日子，马画得满墙都是，宗林、庆仁和小路已经对我的拖延感到了愤怒，他们知道了我之所以拖延的原因，一方面惊叹着这个女人对我的想象力如此激发而画出了这般好的画（我以前并未学过绘画），一方面骂我重色轻友，又以丑与老的话题实施对我的打击，更糟糕的是他们私下与她交涉，约她能同我们一块儿西行。我后来才知道，她的回答是否定的，他们就劝她不要姑息我而误了大事。所以她竟在数天里与我失去了联系，她的手机再也打不通，我失恋了。

失恋一词对于我似乎有些荒唐，但确实失恋了。我再一次翻阅关于丝路的资料，有一段记载使我苦笑不已。那记载的是年轻的瑞典人斯文·赫定之所以在罗布泊长期不归，野兽一般，除了痴醉于探险事业外，还有一个秘密，是他失恋了。可以说，斯文·赫定是在失恋后对自己的放逐，精神漂泊使他完成了自己的事业，而失恋中的我终于决定立即得动身上路了。这个时候，突然间感到了西安的喧闹和杂乱，空气污浊以及建筑和人人物物都面目可憎。

九月的西安阴雨连绵，沉重的雾气使天压得很低，街道两旁的杨树年纪老了，差不多的树身生了洞，流淌着锈铁色的汁，像害了连疮，而树絮如毛毛虫一样落在地上，踩入泥里。我并没有打伞，从城的南郊步行进城墙内区的羊肉泡馍馆去吃饭。（如果西安有什么最好吃的东西，那就是羊肉泡馍，我一直认为饮食文化造就的是人群的性格，秦灭六国，是陕西人吃了羊肉泡馍可以忍饥或怀揣了掰好的馍块及时熬羊汤泡吃加速了行军的时间才打败了精细炒菜的邻国。）经过西门外的石桥，有人在桥头上吹埙。自从我写了《废都》后，已经灭绝的中国最古老的乐器——埙——这个拳大的土罐儿成了旅游点上卖得最好的商品。在桥头上吹埙的家伙是个光头的中年人，他当然在雨地里吹埙是招揽顾客推销产品，但他吹得很好，声音从雨点的缝隙穿过，呜呜之音如鬼哭狼嚎，我却激动起来，目注着他自认为这是为我壮行。仰面就是西门，城楼在雨幕里巍峨，城门是封住了的，人流车辆只顺着左右的偏门通行。我突然间浪漫起来，跳上去在封闭的城门前一蹲，蹲成了一只狮子。

在那一刻里我想，古丝路就是从这里起点吗？脖铃当当的驼队驮着云彩一样的丝绸就这样打开了城门一路往西吗？商队出发时红男绿女在这里摆下酒席，霍去病开拔时武帝在这里擂鼓，玄奘取经时这里也是佛乐冲天，连那个贬官流放的林则徐在西安住过一段日子要往新疆，也是三五成群的哭送的人，而我要走了，她怎么就销声匿迹如飞鸟一样了无踪影了呢？"劝君更进一杯酒，西出阳关无故人"，王维已经死了，早早死在了唐朝。雨还在下，屋檐吊线。油漆斑驳的城门上有一张晶亮的大网，黑肥的蜘蛛在空中吊着自己的丝往下来，停驻在我的头顶。沿着城门楼南北而去的城墙垛口，一排排尽是我名字中的凹字。我感觉我这尊狮子是红了眼的。

二、爱与金钱使人铤而走险

两千年前，匈奴侵占了月氏的地盘，在西北日渐坐大，汉王朝就寝食不安了，曾经软硬兼施（便有了昭君出塞的故事，也有了班超从戎的故事），但匈奴剽悍，又反复无常，一直难以制伏，于是武帝便派了张骞去已经西迁的月氏游说，企图联合抗敌。

丝绸之路就这样要始于足下了。

这一天也是个淫雨的天，张骞在西城门口的青石路面上重重地磕了一个响头，带百多人秘密西行。把渭河走尽，翻越了乌鞘岭，才在沙漠里一脚深一脚浅地走得很难，即被大队的匈奴骑兵围住，一瞧见肿泡眼、大板牙，不容分说，绳索捆了，送往单于庭的帐篷里。此一送，竟是十年之久。十年里，张骞习惯了穿羊皮袄，喝马奶，也与匈奴女子结婚生子，但张骞是汉室忠臣，终于设法逃脱了又继续西行，一年后到达大宛，到达月氏。可惜的是已经远离了匈奴的月氏，却新地肥沃，日子好过，无心再卷入战事，张骞骂了一句"小国寡民"，只好怏怏而归。

归来的张骞伏在殿前痛哭流涕，以未能完成朝廷重托而请罪，并呈上了一份十数年间的个人生活汇报和一路的出使见闻。汉武帝先是摇头，半仄了身子，慵懒地翻揭着那一大沓的材料，一段话便使他突然目生亮光："大宛有奇特的良马，出汗为血，日行千里"，霍地就站起来了。当初派张骞出使，一是念其忠诚能干，二也是看中名字中的骞字——驱马出塞——难道这匹驽马要引回天马吗？汉与匈奴作战了几十年未胜，原因是匈奴有好的坐骑，而汉人能乘的只是蒙古草原的小马，装备的落后导致了战事的失利啊！汉武帝走下殿来，把张骞扶起，看着张骞花白的胡须和酱猪肉一样深红的脖脸，眼里落下一滴泪来。这一滴泪使张骞受宠若惊，当武帝让他绘制一幅更详尽的出使图，他伏案工作了十天十夜，并再次出征，率使团去了。

　　下来的故事是异常的漫长也异常的壮观，几乎是演义了汉朝的强盛的历史。使团带上千金和金马在大宛要讨换马种，遭到大宛国王断然拒绝。消息传回长安，武帝就愤怒了，立即发六千兵马去征伐，六千兵马在敦煌的大漠中因供应不足被渴死和冻死大半，到了大宛吃了败仗，仅六百人逃到了吐鲁番。武帝又下令，就在吐鲁番屯兵生息，谁也不能退进阳关，再派去六千人和三千匹战马要与大宛决一死战。结果汉军将大宛王府包围，迫使大宛国王献出了三十匹汗血马和一批仍属良种的牝马。有了良马种，汉朝建立了马场繁殖培育，数年后骠骑将军霍去病领军与匈奴作战，兵是精兵，马是良马，一举将匈奴赶出了甘肃的东部，一条中原与西域多国相连的交通大动脉于是形成。这条通道那时被称作御道，为了保护，沿着秦长城，新的长城继续向西延伸，百十里并建筑关寨，驻扎重兵。从此，在这条通道上，内地的商品输入西域，而西域的商品也输入内地，在出口的商品中，无论数量或地位，没有哪一样能与华美的丝绸相媲美。

这就是丝绸之路。

四年前，我因贪吃最好的苹果，去了一趟关中西北角的淳化，那里有秦直大道（这是与秦长城一样伟大的工程）的入口，也是丝绸路上的一个重镇，一只熊就站在路畔。熊是石的，汉代的。那时我想，霍去病的几十万大军是经过这里去西征的，成千上万只骆驼组成的商队也是经过了这里，为什么没有栽一块写着"泰山石敢当"的石头在这里，也没有竖一面凿着"西出阳关无故人"的碑子？石熊的体积极小，仅仅半人高，一只前爪举在头侧，一只前爪捂腹，嬉闹状的，鼻子发红（特意以有着朱砂红的石头赋形的）——我一看见这朱砂熊就乐了。

我把朱砂熊的故事说给了我的同伴，但是同伴没有乐。他们没乐，我也没有再说下去——古人的胸怀和幽默我们已经很少有了。

大家关心的只是翻地图，寻查着西行路线。丝绸之路是分为了东段、中段和西段的，西段东段又分为中路北路南路。南路从长安经天水、秦安、甘谷、武山、陇西、渭源、临洮到兰州；中路从长安经泾川、平凉、静宁、榆中、皋兰、永登到武威；北路从长安经通渭、会宁两县中的华家岭后，折向北到会宁，又从会宁至靖远渡黄河，经景泰、古浪到武威。中段是唯一一条直线，这就是甘肃的河西走廊，从武威经永昌、山丹、张掖、裕固、民乐、临泽、高台、酒泉、嘉峪关、玉门、安西到敦煌。西段的三条线，北线至安西经哈密、吐鲁番、乌鲁木齐、乌苏、伊宁至哈萨克、俄罗斯、伊斯坦布尔。中线从安西经楼兰、库尔勒、库车、喀什至塔吉克斯坦、土库曼斯坦、伊朗、伊拉克、埃及。南线从安西经石城、且未、和田、塔吉克斯坦、巴基斯坦至印度。真正的丝绸之路，就是西安至安西。对于进入了新疆以西的西段，因为我数年前几次去过新疆，而古时的丝绸贸易西域可以说是个集散地，至于西段的北中南三线，那也只是后人和商品足迹所到而已，所以，我们选择了丝路的主干线。至于主线的东段，北路是最短的一节，但由于地处大漠边缘，人烟稀少，交通诸多不便，从古到今走这条路的人不如中路和南路多，中路则是我以前去兰州时差不多经历过，那就只有走南路了。

走南路的，二十世纪二十年代有过了一个团队，名字叫中瑞科学考察团——在此以前，走的都是高鼻子蓝眼睛的人，他们是伟大的探险家，也是卑劣的文物盗贼——以骆驼为交通工具。

其骆驼四百匹，每次宿营，骆驼卧成一圈，而人居之圈内，被称之为驼城。骆驼是除了牛马以外最易为人驯服的高脚牲口，它的样子丑陋，总是慢腾腾地摇晃着身子往前走，若碎步跑起来，从后边看去，样子显得笨拙和滑稽。它永远是相书上描述的那种贫贱者的步姿（它也只吃草料或数天里可以不吃），但好处是能忍耐，不诉说苦愁。我采访过一位近百岁的老人，他当年就是团队中的一员，他说，在沙漠的一个夜晚，月色明白，但他没心情去欣赏，因为口渴得厉害，拉了一匹骆驼到沙丘后想用刀子捅其前腿根喝血。他们曾经这样屠杀过数十匹骆驼了，每次屠杀，骆驼都是前腿跪下去哀鸣不止，然后混浊的眼泪流下来通过长长的脸颊，泪水立即被蒸干，脸颊上便留下泛黄的痕道。这一次他要偷捅的是一匹最壮的骆驼，他并不敢让它死去，只是要借它的一些血解渴，骆驼就拿眼睛一直盯视他，他向左，骆驼也向左，他向右，骆驼也向右，他才说了一句"我渴……"，骆驼哇的一声，脖子上涌起一个包来，咕咕囔囔上下滚动，噗的一下，足有一小盆容量的痰液喷出来，浇了他一头一脸。骆驼的痰是非常非常的腥臭，他当时就昏倒了。老者的话使我在西行路上从此再也不敢遗忘了水壶，但也反感起了骆驼。虽然骆驼的时代已经过去，漫长的河西走廊里，只在敦煌鸣沙山下见过一队骆驼，有武威转场的牧人，赶着羊群，把他和他的女人、毛毡、锅盆和装着炒面的口袋坐在一匹骆驼上，骆驼便只好在一些旅游点上做了供拍摄的道具，寂寞地立在那里一动不动，驼峰歪着，稀稀的毛在风里飘。距中瑞考察团又过了十多年吧，真正地只为着丝绸之路的，是斯文·赫定。这位曲卷了黄毛的洋人，口里叼着一只烟斗，带着了四辆福特卡车和一辆小轿车，从北京的西直门出发到乌鲁木齐，再逆着丝路到了西安。洋人就是洋人，自古的洋人都是从西往东来的。而我们却从东往西，一辆三菱越野车就呼啸着去了。

　　我一直认为，汽车里有灵魂的，当世上的狼虫虎豹日渐稀少的时候，它们以汽车的形状出世。这辆三菱越野车是白色的，高大而结实。当选择这辆车时，老郑（他是负责吃住行的，我们叫他团长）有过犹豫，因为这辆车曾经吃过一个人的，我却坚持不换，古时出征要喝血酒，收藏名刀要收藏杀过人的刀才能避邪，何况唐玄奘取经时的那匹马，也是有过犯罪史的小白龙变化的。我爬在车头，叽叽咕咕给车说话，叮嘱它既要勇敢又得温顺——我尊重着它，因为它已经是我们的成员之一了。

　　也正是这辆车，经过了许多关卡，未经检查和收费就顺利放行，我们总结这或许得益于车的豪华，或许因了老郑——他坐在前排，方脸大耳——像个领导。但车却在一大片苍榆和版筑土屋混杂的一处村落前被挡住了。挡车的是一群农民，立即有三个老头睡倒在车轱辘前，喊是喊不起来的，去拉，他们抱住你的腿不放，呼叫：大领导，你不做主，你从我们身上碾过去，大领导！

问清原委，原是村干部吃了回扣便宜出卖了百十亩地让外人盖娱乐场所，他们不愿意少了土地，更不愿意盖娱乐场所。这里到处都是妓女，反映到乡政府，乡政府解决不了，正群情激奋着，见小车过来就拦住了。我们解释这事应该去上告，我们同情你们，也支持你们，但我们并不是大领导，瞧瞧，大领导能是我们这么瘪的肚子吗？他们说：得了吧，坐这么白胖的小车还不是大领导?！我哭笑不得，而且心情极糟，同行的老郑、宗林、庆仁和小路开始反复解说，趁机让我逃脱包围，去了路边的一间厕所。在厕所里，我的手机响了。

谁？我。哎呀，你在哪里？我在路上。路上？什么路上?！佛往东来，我向西去。

突如其来的电话使我又惊又喜，但话未说清电话却断了，我喂喂地叫着，又拨了她的手机号，传来的竟是"对不起，您所呼叫的用户已关机"。我站在厕所里发呆：她怎么也说了"佛往东来，我向西去"，莫非她也在西路上，并且提前了我吗？哎呀呀，若真的她也来了西部，那这也太有浪漫和刺激了！我迅速地掐指头——我会诸葛马前课，从大安、留连、速喜、赤口、小吉、空亡推算——果然断定这已经是事实了，就在空中挥了一下手，靠住了厕所角的椿树。这才发现，椿树上有一长溜黄蜡蜡的粪垢，那是乡人蹭过了屁股。小路在厕所外大声喊我，说是问题解决了，赶快上车，我走出来，真的是公路上的农民开始散开，他们已经确信了我们不是大领导，那个老头还指了一下我，在说：看那个碎猴子样，我就觉得他不是个领导嘛！

重新回到了车上，大家还在叙说着刚才的一幕，感叹着出师不利，我却情绪亢奋起来，说咱这算什么呢，西路当然是不容易走的，想想，在开通这条路时，张骞是经过了十多年，又有多少士兵有去无还？就说开通之后，又走过了什么呢？我原本是因为情绪好，随便说说罢了，却一不留神说出了一个极有意思的话题，大家就争论起来：谁曾在这路上走过？当然走得最多的是商人，要不怎么能称为丝绸之路啊?！可庆仁疑问的是：一个商人牵上驼队一来一回恐怕得二三年吧，二三年是漫长的日子，离乡背井，披星戴月，就是不遇上强盗土匪，不被蛇咬狼追，也不冻死渴死饿死和病死，囫囫囵囵地回来，那丝绸又能赚多少钱呢？宗林就提供了一份资料，两千年前，丝绸在西方人的眼中那是无比高贵的物品，并不是一般平民能穿用得起的，其利润比现在贩毒还高出好多倍，当时长安城里三户巨商"行千里人不住他人店，马不吃别家草"，都做的是丝绸生意。这样，贩丝绸成了一种致富的时尚，更惹动了相当多的人以赌博的心理去了西域。现在从一些汉代流传下来的民歌中可以看出，丈夫走西路了，妻子在家守空房，"望夫望得桃花开桃花落，夫还不回来"，或许永远都不回来了，或许回来了，身后的轿子里却抬着另一个西路上的细腰。我看着宗林，突然问：如果你活在汉代，让你去做丝绸生意，你肯不肯上路？宗林说：我不贪钱。宗林没钱，也确实不贪钱，他是凡停车就下去给大家买啤酒呀可口可乐呀或者口香糖。我说宗林你不贪钱着好，如果说，在西部的某一沙漠里，有一位你心爱的女人，你肯不肯上路？宗林说：不肯。庆仁叫道：你这人不可交，对钱和色都不爱，还能爱朋友吗？我说我会去的——古丝绸之路恐怕只有商人和情人才肯主动去走，爱与金钱可以使人铤而走险的。

　　说罢这话，我突然觉得我活得很真实，也很高尚，顺手打开了那本地图册。地图册里却飘然落下一根头发，好长的一根头发。慌忙看了一下坐在旁边的小路，幸好他没有注意，捡起来极快地吻了一下。大前年有个法国的记者来采访过我，他手指上戴着一枚嵌有亲人头发的戒指，印象很深，因此我见到她的第一天就萌生了能得到她的头发的念头——头发是身体的一部分，我如此认为，而且永远不会腐败和褪色。这根头发就是她让我算命时揪下的。她是左手有着断掌纹的，总怀疑自己寿短（才子和佳人总是觉得他们要被天妒的），曾经让我为她算命——我采用了乡下人的算法，我故意采用这种算法，即揪下她一根头发用指甲将，捋出一个阿拉伯数字的形状，就判断寿命为几——我在揪她的头发时，一块儿揪下了两根，一根算命，另一根就藏在地图册里。现在，这根泛着淡黄色的头发在我的手，我不知她此时在西路的什么地方。阳光从车窗里照热了我的半个身子，也使头发如蚕丝一样的光滑和晶亮，忽然想起了艾青的一首诗，蚕在吐丝的时候，没想到竟吐出了一条丝绸之路。那么，我走的是丝绸之路，也是金黄头发之路吗？

李白说黄河之水天上来，那不是夸张，是李白在河的下游，看到了河源在天地相接处翻涌的景象。我看到的西路是竖起来的。你永远觉得太阳就在车的前窗上坐着，是红的刺猬，火的凤凰，车被路拉着走，而天地原是混沌一体的，就那么在嘶嘶嚓嚓地裂开，裂开出了一条路。平原消尽，群山扑来，随着沟壑和谷川的转换，白天和黑夜的交替，路的颜色变黄，变白，变黑，穿过了中国版图上最狭长的河西走廊，又满目是无边无际的戈壁和沙漠。当我们平日吃饭、说话、干事，并未感觉到我们还在呼吸，生命无时无刻都需要的呼吸就是这样大用着而又以无用的形态表现着；对于西路的渐去渐高，越走越远，你才会明白丰富和热闹的极致竟是如此的空旷和肃寂。上帝看我们，如同我们看蝼蚁，人实在是渺小，不能胜天。往日的张狂开始收敛，那么多的厌恼和忧愁终醒悟了不过是无病者的呻吟。我们一个县一个县驱车往前走，每到一县就停下来住几天，辐射性地去方圆百十里地内觅寻古代遗迹，爬山，涉水，进庙，入寺，采集风俗，访问人家。汉代的历史变成了那半座的城楼，一丘的烽燧或是蹲在墙角晒太阳的农民所说的一段故事，但山河依旧，我们极力将自己回复到古时的人物，看风是汉时的风，望月是唐时的月，疲劳和饥寒让我们痛苦着，工作却使我们无比快乐。老郑在应酬各处的吃住，他的脾气越来越大——出门是需要有脾气的——麻烦的事情全然不用我去分心。宗林的身上背着照相机也背着摄像机，穿着浑身是口袋的衣裤，他的好处是能吃苦耐劳，什么饭菜皆能下咽，什么窝铺一躺下就做梦，他的毛病则是那一种令我们厌烦的无休止的为自己表功，所以大家并不赞扬他是雷锋，他却反驳雷锋不是也记日记要让大家知道吗。庆仁永远是沉默寡言的，他的兴趣只是一到个什么地方就蹲下来掏本子画速写。这当儿，小路就招呼旁边的一些女子过来，"这是大画家哩"，他快活得满嘴飞溅了口水，"快让他给你画一张像呀，先握手握手！"庆仁一画就画成了裸体，他眼中的女人从来不穿衣服。当汽车重新开动的时候，我们坐在车上就打盹，似乎是上过了竿的猴，除了永不说话的司机，个个头歪下去，哈喇子从嘴边淌下来，湿了前胸。我坐在司机旁边，总担心着都这么打盹会影响了司机的，眼睛合一会儿就睁开来，将烟点着两根，一根递给司机，一根自抽。抽了一根再抽一根。嘴像烟囱一样喷呼着臭气，嘴唇却干裂了，粘住了烟蒂，吐是吐不掉，用手一拔，一块皮就撕开，流下血来，所以每到烟吸到烟蒂时，就伸舌头将唾液泡软烟蒂。但唾液已经非常地少了。我喊：都醒醒，谁也不准瞌睡了！大家醒过来，唯一提神的就是说话——臭男人们在一起的时候说的当然都是女人。

这个时候，我一边附和着微笑，一边相思起来，相思是我在长途汽车里一份独自嚼不完的干粮。庆仁附过身小声问我：你笑什么？我说我笑小路说的段子。庆仁说，不对，你是微笑着的，你一定是在想另外的好事了。我搓了搓脸——手是人的命运图，脸是人的心理图——我说真后悔这次没有带一个女的来。小路就说，那就好了，去时是六个人，等回来就该带一两个孩子了！庆仁说什么孩子呀，狼多了不吃娃，那女的是最安全的了。宗林说：那得尽老同志嘛！我是老同志，但我没有力气，是打不过他们四个中的任何一个。我讲起了一个故事，那也是我的一个朋友，他在年轻的时候一次在西安的碑林博物馆门口结识一位姑娘，姑娘是新疆阿克苏人，大高个，眼梢上挑，但第二天要坐火车返回老家去了。他偏偏就喜欢上了这女子，五天后竟搭上西去的列车，四天三夜到了阿克苏，终于在一条低矮的泥房子巷里寻到了她的家。他是第一次到新疆，也是第一次坐这么长的火车，两条腿肿得打不了弯。姑娘的全家热情地接待了他，甚至晚上肯留他住在了那一间烧着地火道的房间里。姑娘对他的到来一直惊疑不已，以至于手脚无措，耳脸通红，当房间里只剩下他们两人的时候，姑娘弯腰在地上捡拾弄散了的手链珠子，撅起的屁股形象在瞬间里让他看着不舒服，立即兴趣大变，便又告辞要回西安。结果就在这个夜里五点冒了风雪去了火车站，又坐四天三夜的车回来了。我说这样的一个真实故事，我也不知道要表达个什么意思，但大家对我的朋友能冲动着坐四天三夜的火车去寻找那个吊眼长腿的姑娘而感动着。

"那女子对你的朋友很快走掉没有生气吗？"司机原来一直在听着我们的说话，这也是他唯一的插话。一只兔子影子一般地穿过公路，车嘎地停了一下，又前进了。

没有，我说，新疆是最宽容的地方。你就是几百万的人来，它不显得拥挤，你就是几百万的人走，它也不显得空落。新疆的民族是非常多的，各民族普通老百姓的融洽程度是内地人无法想象的。而且，什么人都可以去新疆，仅仅是四九年以后，内地发生了旱灾水灾地震蝗虫而无法生活的人，各个政治运动遭受了打击迫害的人，甚至犯了刑事的逃犯，都去到新疆，新疆使他们有吃有喝有爱情，重新活人。我列举了我供职的单位，有五个人是在新疆工作了十几年后调回内地的，除一个是转业军人，其余四人皆是家庭出身不好，在西安寻不着工作，娶不下老婆却在新疆混得人模狗样。

当我们说完这话十分钟后，车的轮胎爆破了。车已经有灵性，爆胎爆的是地方——正翻过了乌鞘岭，进入一个镇子。说是镇子，其实是沿着缓坡下去的路的两旁有着几排房子，但这个镇子外边的坡上有一个烽燧，证明着它的岁数远在汉代。司机趴在车下换轮胎了，发现了轮胎是被啤酒瓶子的碎片扎漏的，便滚着轮胎到一家充气补胎的小店里去修补。小店乱得像垃圾堆，却有个胖女人坐在那里化妆，她的脸成了画布，一层一层往上涂粉和胭脂，旁边有人在说：咦，洋芋开花赛牡丹——生意来喽！胖女人还在画一条眉毛，店里却走出一个瘦子，一边将一木匣的莫合烟末拿出来，又撕下一条报纸，让司机先吸烟，一边笑着说：往新疆去啊？我们便到对面街坊的人家去讨热水冲茶。主人是让出了凳子，声明坐凳子是不收费的，热水却付一元钱，便觉得这主人不可爱。埋怨了几声，主人却说：现在经济了嘛，人家把啤酒瓶子摔在路上让轮胎扎破了再补，你们倒感谢人家，这热水是我从河里挑来烧开的，要那么个一元钱，你们倒脸色难看了?！他这么一说，老郑就坐不住了，哼了一声，把头发揉乱，横着身子往补胎店去。老郑是蹴在了店外的凳子上，凳子上有着一把锤子，拿起来往自己腿面上砸，喊：补胎的补胎的，你过来！补胎的还笑着，问大哥啥事？老郑说是你把啤酒瓶子摔在坡上的？那人脸立即变了，说哪里，哪里有这事？老郑就招呼宗林：你过来给他录录像，把这店铺牌号也录上！补胎人一下子扑过来给老郑作揖了，又反过身去，从一直坐在店门槛上喝茶水的老头手里夺过了茶杯，用衣襟把茶杯擦了擦，沏上茶递给老郑喝。老郑不喝，我们也不过去，瞧着老郑遂被请进了店里。过一会儿，老郑就八字步过来，说：他一个子儿都不敢收了！我说老郑你真是个惹不起，老郑说你怎么知道我的小名，小时候我在农村，谁要欺负我，我就哭，一哭就死，是手脚冰凉口鼻闭了气的死，别人就得依我了。我们哈哈大笑，坐在旁边吃饭的三个孩子瞧着我们也笑了笑。他们每人端了一碗蒸洋芋，剥开来白生生地冒气，蘸着盐末大口地吃。那个胖墩儿原本吃得舌头在嘴里调不过，眼睛睁得大大的，一经笑，竟噎住了，我赶紧过去帮他捶脊背。这当儿，前边的巷子口狗一样钻出个青年，接着又跑出一个妇女，妇女是追撵了青年的。青年跑得快，妇女在地上摸土坷垃，土坷垃没有，将鞋掷过去，青年却在空中接住，说：妈，妈，路上有玻璃碴哩！围观的人就说：狗细多心疼你，你还打狗细呢？！妇女单蹦了腿过来捡鞋，一屁股坐下来给众人诉冤枉："我怎么生下这儿子！狗细，狗细，你就不要再回来，我死了宁肯给老鼠敬孝哩，我也没有了你这个儿子！"我问起给我们热水的老头这是怎么回事，老头说：你们怪我们乡下人刁，你们城里人才狠哩！原来这叫狗细的见镇上一帮人出外打工，他也就跟着去了乌鲁木齐，但他笨，没技术，只在劳务市场上等着刷墙的人叫去帮忙和灰，两个月下来，除了吃饭仅存了三百元。前半个月他回来，三百元钱不敢在口袋里装，裤衩上又没个兜兜，就把钱藏在鞋的垫子下。两天多的火车上舍不得买饭吃，肚子饥了只有蜷在那里睡，鞋就脱了放在座位下。鞋是破皮鞋，不穿袜子，脚又不洗，气味难闻，等到了离家十多里的那个站上，醒来要穿鞋，鞋却没见了。问左右的人，都是城里人，给他说普通话：那是你的鞋呀？臭气能把人熏死，从窗子撂出去啦！狗细急得哇哇哭起来，他倒不是珍惜那一双鞋，心疼的是鞋里还有三百元钱！但他打不过左右的人，骂了一句："我塞……"城里人又听不懂，等于白骂，只好下车赤脚走了十多里路回家。

我对这叫狗细的同情了，回头看看小路，小路眼里已经有了泪水。小路也是乡下出身，老家就在丝路的东段，他曾经说过在他小的时候，村人沿着丝路往兰州去讨饭，那时他小没人带他，一位本家哥一直讨要到武威，回来给他说，在兰州见到火车了，那火车一拐进山弯就拉汽笛，走起来又哐哐哐地响，似乎在说：甘肃——穷！穷！穷穷穷穷！我们在兰州的时候，小路是带我去见过他的那位本家哥的，这位本家哥是后来上了大学，成了博士，又下海投身于商界，他领着我们参观了他们的网络公司。我先是向他讨教网络在中国的发展前景，然后话题转到了今日中国的现状，提到了他和小路小时在乡下的生活以及现在乡下人的日子，他们两人当下是抱头大哭。也就在那个晚上，我们讨论了这样的一个问题：按人类社会的演进规律，是农耕文明进入工业文明，工业文明再进入信息文明，当然不容许一个社会有几种文明形态同时存在，但是，偏偏中国就发生了三个文明阶段同时存在的现实。正因为如此，它引发了今日中国所有的矛盾，限定着改革的决策和路径，而使我们振奋着、喜悦着，也使我们痛苦和迷茫。狗细的母亲还坐在小镇的街路上哭诉，夹杂的呐喊像母狼在哀嚎，狗细跑一段停下来回头乐乐，又跑一段，最后靠在一个店铺门前的油毛毡棚柱上，狠劲地踢棚柱，棚盖竟哗哗啦啦掉下来，招惹得店主人又是一阵大骂。宗林端了机子就去追狗细，我把他拦住了，人都有自尊心的，这时候去拍摄，不是背了鼓寻槌吗？

但是宗林却在星星峡外的公路上摄下了一组类似的镜头。

小镇上的经历，使宗林萌生了大的想法，他原本只是跟了我想制作一套西路的风情片，现在，他却志存高远，要拍摄在西路上看到的各个文明形态中生活着的人们怎样安于命运，或怎样与命运奋斗并力图改变命运的图片。我不是个平庸的人吧，这想法绝对地好！他得意着，所到之处，也就更忙了，常常我们一块出去，走着走着就不见了他，等他回来，不是说还没有吃饭，就是浑身的泥土。在武威的老街，为了拍一群像做舞蹈一样弹棉花的人，竟被狗咬了腿，伤是不重，用不着打狂犬病针剂，但一条裤腿却撕开来，像穿了裙子。

我和小路依然关注的是西路上的军事和经济的历史，丰富的遗迹和实物使我们在武威多住了几天。元狩二年，霍去病发动了祁连山之战，打败了匈奴贵族浑邪王，河西走廊并入了西汉版图，匈奴在哀唱了：亡我祁连山，使我六畜不蕃息；失我焉支山，使我妇女无颜色。对于失掉焉支山，为什么会使妇女无颜色，我去武威博物馆查询资料。是焉支山出胭脂，还是阻断了匈奴通向西域的道路，西域的各种奢侈品来不了，贵族妇女再不能乔装打扮？但是，庆仁却意外地送给我了一份收获。他是去武威老城速写时碰到了一个姓纪的女子，他当然为这女子画了一张像，而且画得极像，女子便邀请他去她家喝水。庆仁是"花和尚"，坐在人家屋里，又画人家屋里的土炕，土炕上绣着鸳鸯的枕头和土炕下放着的鞋子，偶尔在其柜子上的木板架上发现了一本旧书，书上记载了一七〇〇年前粟特国驻河西姑臧的商团首领写给其主子的信，便抄回来给我，强调可以证明公元四世纪的河西走廊在中西贸易中的枢纽地位。这确实是一封有着文献价值的又趣味盎然的信。我把信的其中部分用陕西话念着——陕西话在汉唐应该算作国语吧——让宗林录音录像。我是这样念的：

　　致辉煌的纳尼司巴尔大人的寓所，一千次一万次祝福。臣仆纳尼班达如同在国王陛下面前一样行屈膝礼，祝尊贵的老爷万事如意，安乐无恙。

　　愿尊贵的老爷心静身强，而后我才能长生不死。

　　尊贵的老爷：阿尔梅特萨斯在酒泉一切顺利，阿尔萨斯在姑臧也一切顺利。

　　……有一百名来自萨马尔干的粟特贵族现居黎阳，他们远离自己的乡土孤独在外，在□城有四十二人。我想您是知道的。

　　您是要获取利益，但是，尊贵的老爷，自从我们失去中国内地的支持和帮助（注：中国内地正处于西晋的永嘉战乱），迄今已有三年了。在此情况下，我们从敦煌前往金城，去销售大麻、纺织品、毛毡，携带金钱和米酒的人，在任何地方都不会作难，这期间我们共卖掉了 X ＋ 4 件纺织品和毛毡。对我们来说，尊贵的老爷，我们希望金城至敦煌间的商业信誉，尽可能地长时期得到维持，否则，我们寸步难行，以致坐而待毙。

尊贵的老爷，我已为您收集到成捆的丝绸，这是属于老爷的。不久，德鲁菲斯浦班达收到了香料，共重八十四司他特，对此曾作有记录。但他未写收据，您本应收到它的，但这恶棍将记录给烧了……这些钱应该分别开来，您知道，我还有个儿子，转眼之间，他会长大成人，如果他离家外出，除了这笔钱之外，他将得不到任何其他的帮助，纳尼司巴尔老爷定会尽力成全这件事的。他有了这笔钱，就能成倍地赚钱。如果这样，对我来说，您就是像救命于大灾大难中的神灵一般的恩人，在儿子成年娶妻以后，仍让他守在您的身边。

另外，我已派范拉兹美去敦煌取三十二袋麝香，这是我个人买的，现交给您，收到后，可分为五份，其中三份归我儿子，一份归皮阿克，一份归您。

我念完了粟特人的这封信后，知道了当年这条路上熙熙攘攘往来的商人是怎么生活的，也知道了这个汉时称作姑臧也称作凉州的武威在西路上如何的显赫，一时引发了曾经歌咏过的岑参的《凉州馆中与诸判官夜集》："弯弯月出挂城头，城头月出照凉州。凉州七里十万家，胡人半解弹琵琶。琵琶一曲肠堪断，风萧萧兮夜漫漫。河西幕中多故人，故人别来三五春。花门楼前见秋草，岂能贫贱相看老。一生大笑能几回，斗酒相逢须醉倒。"凉州的格局是阔大的，气氛也极安定，说人聚会于花门楼，一曲琵琶却是肠要断了，喝醉在地，是真要"一生大笑"呢还是借酒消愁愁更愁了？近两千年前的姑臧城里的那个夜晚，我想是一个夜晚——纳尼班达在写着信，烛光跳跃在他那瘦削的额头和满是胡须遮掩的狡黠的嘴角，他想到他的儿子是流泪了。于是，我推测着被匈奴囚禁了十多年的张骞逃脱后在继续往西去的路上，是如何在念叨着被丢弃的与匈奴女生下的儿子的名字；推测着那个逐放在北海的汉使节苏武看见了老牛舐犊，又如何想到长安城里的娇妻幼子，肝肠一节节地碎断。人是活一种亲情的，为了亲情去功名去赚钱走上这条路，这条路却断送了亲情，但多少人还是要上路，这如同我们明明知道终有一天要死，却每日仍要活得有滋有味。

西路的沿途，很少能见到大片的村庄，常常是在一处沙梁之后，白杨树丛旁，突然地就站着几个大人和孩子看着我们的车辆呼啸而过，使你生满疑窦，不知道他们是从哪里钻了出来。大人们差不多是满头是脸满脸是头的那种，孩子们却如花一样地鲜嫩，然后在汽车带起的尘雾里消失。或许，我们的车就停下来，要锐声地鸣着喇叭，因为又一户转场牧民所赶动的羊群和牛覆盖了一段公路。牧人在急促地吆喝着，吆喝声中充满了对我们的歉意，骑在马上的妇女已经下来，弓着腰将牧羊狗夹住在双腿之间，狗向我们龇牙咧嘴地吠一声，她就用手在狗头上打一下。但另一匹马背上的儿子却默然地看着我们，羊群和牛通过了公路，公路上落上了一层黑豆似的粪蛋，儿子的脖子扭成了四十度还在看我们。我永远记住了这一双白多黑少的大眼睛，总觉得它在向我们窥视，以致多少个夜晚睡在旅馆都要将窗帘拉严，疑心那眼睛已变成了星星，就在室外的树梢顶上。

宗林实在是希望能跟踪了一户牧民一天或者数天，拍摄一套他们生活状态的照片，"只要让我拍，绝对会得一个摄影大奖的！"他反复强调着，但这是不可能了，因为老郑已联系好了前一站的住宿，而且我上了火，牙疼得半个腮帮已肿起来，极需要寻到一个有医院的城镇。庆仁说，农民牧民渔民的生活方式还不大致一个样吗，你回去到陕南的山区，专门拍一个村庄从早上到晚上的活动纪实片，什么都知道了。我也附和：这就像你要想了解怎样给佛上香，就看看自己如何吸烟便行了——烧香供佛，吸烟自敬嘛！宗林嘟嘟囔囔了一阵，没脾气了，却附过身来要为我治牙病。他在我耳朵下的穴位掐，牙暂时不疼了，疼的倒是耳朵，等到耳朵的疼过去了，牙又开始疼。他轻声说：你想想她。我瞪了一眼。他又说：记住，你想她的时候，正是她在想你。我骂道：我病了难道她也病了?!口里这么骂，心里却真的想到了她，就那么将头枕在宗林的腿上，任他一边轻按着耳下的穴位一边说：让平凹牙疼，牙是咬了你娘的×了?! 我就迷迷糊糊睡着了。

　　但车过了星星峡，他把我推倒在了车里。

　　车过星星峡的时候我是在迷糊着，再行了百十里地，我们似乎是进入了月球，山全成了环形山，没有一株树，没有一棵草，更见不到一只鸟。车在一个山包转弯处遇着了几辆手扶拖拉机，先是谁也没留意，庆仁惊叫了一声"金娃子!"金娃子就是淘金人。宗林当时就让停车要拍照，老郑的意思是车继续开，远远超过了拖拉机，停下来再拍摄，一是可以拍摄得详尽，二是不至于惊吓了人家。车就急驶狂奔了一阵，在一片如魔鬼城的地方停下来。这一切我都是不知道的。等下了车，到处是灰白色，用脚踩踩，却硬得疼了脚，原来是如石板一样的碱壳子。小路对着天空伸懒腰，浩叹着天上如果有一只苍鹰，这里就是最雄浑的地方了。我说都拉拉屎吧，一拉屎苍蝇就来了——在那时，想想有个苍蝇，苍蝇也是非常可爱的——但屎拉下了，并没有苍蝇出现。这时候，三辆手扶拖拉机一前一后开了来，第一辆已经开了过去，我才发现第二辆上堆放着铁桶、木架、被褥，被褥中间坐着三个人，两个男人，一个女人，都形如黑鬼。我当然醒悟这是淘金者，但祁连山脉里哪儿有金矿，这些淘金人又是哪儿人，从哪儿来要往哪儿去呢？在张掖住店的那个晚上，窗外有着呜呜的风，隔壁房间里成半夜的有着床板咯吱声和女人的颤音，害得我浮躁了一夜，天亮坐在走廊要看看那是一对什么男女，如此驴马精神。但男的形象却并未令我反感，因为他说话鼻音重，是个陕北人，前去搭讪了，才知他是金客（从此懂得淘金的叫金娃，收买金货的叫金客）。他并不避讳我，说那女人并不是他的老婆，但他一直爱她，爱得心疼。女人的丈夫也是他的同乡，因偷割电线电缆去卖铜卖铁，被逮捕了在新疆劳改，劳改中就病死了。女人一定要来把丈夫的尸首运回去，埋葬在其父母的坟地里，说为丈夫的墓都拱好了，拱的双合墓，她将来死了就也睡到右边的墓坑里。他是在新疆做金客的，当然就陪了她，他有钱可以让她坐一趟飞机，但那样陪她的时间短，他就和她坐了火车。劳改场里病死的人是埋在一片沙窝子里的，等他们去时，劳改场的人却弄不清了哪一个沙堆下埋着的是她的丈夫，她只好趴在沙地上哭了一场，把一捧黄沙装在布口袋里。是昨天晚上，她终于才让他圆了二十年的梦。"她是个好女人哩。"他低声说，"她答应把那一堆旧衣服和黄沙带回老家埋了，就跟我再来，伴我在这里收金呀!"我感叹着这白脸子大奶子的女人对那么一个丈夫还有这份情意，或许那丈夫对于别人是贼，对于妻子却是个好丈夫吧。我笑着说：你们昨晚可害得我没睡好呀！金客嘿嘿了一阵，说：人嘛，就要过日子哩。我说这与过日子何干？他说那女人答应要为他生个娃娃的，日子日子，它倒不是柴米油盐醋，主要是日出个儿子繁衍后代嘛！

金客有金客的日子，眼前的金娃却是这般形状，第二辆手扶拖拉机要开了过去，宗林就立在公路当中先拍照片，然后绕着录像。驾驶的是一个三十左右的青年，衣衫破烂，你怀疑是风吹烂的，也可能整个衣衫很快就在风里一片一片地飞尽；头上是一顶翻毛绒帽，帽子的一个扇儿已经没有了，一个扇儿随着颠簸上下欢乐地跳。他的脸是黑红色的，像小镇上煮熟了的又涂抹了酱的猪头肉。当发现宗林正对着他录像，他怔了一下，拖拉机差点熄火，虽还在驾驶着，速度明显减缓，如蹒跚的老太太。我们都围近去看，在高高的杂物之上，四个年轻人腿叉腿身贴身地围住了一圈，全都袖着手；全都是酱猪肉的脸，而且似乎被日晒和风寒爆裂；恐怕是数月未洗过脸和头了，头发遮住了耳朵，形成肮脏的绵羊尾巴状。他们对我们的靠近和拍照，惊恐不已，浑身僵硬，那系着绳儿拴在腰带上的搪瓷碗叮叮当当磕打着身边的木架。小路把纸烟掏出来往拖拉机上撂，说：兄弟，是去淘金呀还是淘了金回家呀？语调柔和，企图让他们放下被打劫的担心，因为前边的那一辆拖拉机已经停下，人都下来，并从拖拉机上抽出了锨在手，而后边的拖拉机也停下来，驾驶员虽还在位上，手里却操了一根铁棍。小路的话他们没有接，扔上去的纸烟又掉下来，拖拉机继续向前开，前后的拖拉机也重新发动马达。宗林一边拍摄一边对我嚷道：太好了，太精彩了，照出来绝对漂亮！我看着拖拉机上的人，他们对宗林的拍摄没有提出抗议，但脸上、眼神里没有了惊恐，却充满了一种自卑和羞涩气，想避无法避，就那么像被人脱光了示众似的难受和尴尬。我心痛起来，想起我在乡下当农民的情景：那时我沦为可教子女，每日涉河去南山为牛割草，有一次才黑水汗流地背了草背篓到河堤上，瞧见已经参加了工作，穿着制服骑了自行车的中学同学，我连忙连人带背篓趴在河堤后，不敢让人家看见。我立即摇手示意宗林不要拍摄了，拍摄这些镜头有什么精彩的呢，难道看着同我们一样生命的却活得贫困的人而去好奇地观赏吗？

拖拉机嘟嘟嘟地开远了，戈壁滩上天是高的，路是直的，能清楚地看出我们生活的地球是那样的圆，而且天地有了边缘，拖拉机终于走到了最边处，突然地消失——我感觉到边缘如崖一样陡峭，拖拉机和人咕咚全掉下去了。这数百里没人烟的地方，淘金人走了多久，路上吃什么喝什么，夜里住在哪里，淘出的金子由谁掌管着，刚才在我们围观和拍摄时掌金袋的人是何等的紧张，而那数月里所淘取的金子又能值多少钱呢。卖了金子分了钱，是买粮食呢还是扯一身衣服，或许为着找一个媳妇吧。我给大家讲一个我的老师去美国访问时的故事。老师在一处海滩上碰见了一个美国男人推着小儿车，小儿有两岁左右，非常可爱，他就对那男人说想和小儿拍照留影。那男人说你等一下，便俯下身对小儿叽叽咕咕了一阵。老师是懂英语的，他听见那男人在说：迈克，这个外国人想和你照相，你同意吗？小儿说：同意。那男人才对老师说儿子同意了，你们拍照留影吧。

　　我说的故事是在讲对人的尊重，宗林反驳说咱们现在还用不着那一套，生存是第一位的，我或许那样拍摄让他们难堪，但拍摄出来让更多的人看见了来关注他们的生存状况，而不是去取笑和作践他们，我当年未参加工作前，在乡下去拉煤，比他们还悲惨哩！宗林说的是真情，他小时是受过罪的，我何尝不是这样呢？出生于农村，考上大学后进入城市的单位，再后是坐在家里写作、玩电脑、炒股票、交往高科技开发区的一批大老板，如果说农耕、工业、信息三个文明形态是一个时间的隧道，那我就是一次穿越了，而不管我现在能爬上什么高枝儿，我是不敢忘也忘不了生活在社会最基层的人。我说，我什么苦没吃过，你这些镜头应该是为庆仁他们拍的。

　　"要我像金娃子这么活着？"庆仁歪着头，"我就一头撞在石头上死了！"

　　"鬼怕托生人怕死，"小路说，"人是苦不死的，你要到了他们这个分上，你也是挣着挣着要活下去，不但自己活下去，还要想法儿娶媳妇生下孩子，一溜带串地活下去。何况，瞧你这样子，当和尚是花和尚，当日本人也是朝三暮四郎。"

"我有你那么骚吗，我只是狂丑了一点。"

汽车中的浪话又开始了，我掏出了日记本，在颠簸中记下了小路的话，并写道：丝绸之路就是一条要活着的路啊，汉民族要活着开辟了这条路，而商人们在这条路上走，也是为了他们自己活得更好些，我之所以还要走这条路，可以说是为了我的事业，也可以说是为了她吧。

三、路是什么，这重重叠叠的脚印

离开西安的那天，恨不得一日能赶到天水，当八百里关中平原像一只口袋一样愈收愈紧，渭河在两道山峦之间夹成了细流，这已经是走过了天水、秦安、甘谷、武山和渭源，走过了，却觉得西安的宏大和繁华。坐在西安城里写乡村，我是已经写过了一系列关于商州的故事，如今远离开了西安，竟由不得又琢磨起了这座我生活了二十八年的古都。两千年前的汉朝和唐朝，西安在世界的位置犹如今日美国之华盛顿吧，明清以后的国都东迁北移，西安是衰败了。日暮里曾同二三文友去城南的乐游原听青龙寺的钟声，铜钟依旧，钟声却不再悠长，远处的曲江已没花红柳绿，我们也不是了司马相如或杜牧——寒风耸立，仰天浩叹，忽悟前身应是月，便看山也是龙，观水水有灵，满城草木都是旧时人物。前些年，突然风传城西南的一家宾馆门口的石狮红了眼，许多市民去那里烧纸焚香，嚷嚷着石狮红眼，街巷要出灾祸了，虽然街道办事处的干部数天里驱散着去迷信的人群，我还是去看了一回。我并未看到石狮是红了眼的，但石狮确实是一对汉时石狮，浑圆的一块石头上，粗犷地只刻勒了几条纹线，却形象逼真，精神凸现，便想这石狮会成精作怪的，它从汉代一路下来，应是最理会这个城市的兴衰变化的。出发的前一天，在家看戏本《桃花扇》，戏里的樵夫唱："眼看他起高楼，眼看他宴宾客，眼看他楼塌了"，便觉得这樵夫是在为这个城做总结。也就在刚刚合上戏本，一位朋友送来了一只大龟，是在旧城改造时，于拆迁的一座四合院的柱顶石下发现的。你要上路了，他说，杀吃了壮行吧。这龟如铁铸的颜色，我看着它，它也伸出了头看我，那眼神让我瞬间里感到了熟悉，而半夜里便梦见一个和尚，又在梦里恍恍惚惚认定这和尚就是汉代的那个鸠摩罗什，天亮就再不敢宰杀，将它放生在了城河里。离开西安的第二个晚上，睡在了天水宾馆，窗外的一片竹使风显形了一夜，远处的大街上灯火还是通明——正逢着过什么西部城市商品交易会，狮子龙灯还在舞着，秦腔还在草台上生旦净丑地演动——我是谢绝了接待人的观赏邀请的，想，陕西号称秦，秦又号称狼虎之国，但真正的秦人却算作是天水人。秦始皇的先祖就是在天水发祥后迁往了关中，如果说陕西现在已失去了中国政治、经济、文化的中心地位，而在天水，却也是舞狮子龙灯，穿明清服饰，粉墨登场，以示振兴传统文化了。对于传统文化是什么，应该如何继承，整个社会的意识里全误入了歧途，他们以为练花拳绣腿的武术，竹条麻絮做成的狮子戏弄绣球，或演京剧、秦腔、黄梅，就是继承传统，又有多少人想到一个民族要继承的应是这个民族强盛期的精神和风骨，而不是民族衰败期的架势和习气呢。世界上任何人都在说自己的母亲是伟大的，任何人都在热爱自己的民族，但是，我不得不说，汉民族已经不是地球上最优秀的民族了，仅二战期间出了那么多的汉奸，在全世界也是罕见的！一间房子里两张床，小路的一张嘴是刚刚歇下来就响起了鼾声，他的鼾声是毫无规律的，吼一阵，吹一口气，又吧嗒吧嗒咂嚼。在远处的锣鼓声中和身边的咂嚼杂音里，我开始记当天的日记了——我必须每天记我的日记——日记上有这么一段话：

　　一踏上西路，即便已经是公元2000年的秋天，你也不能不感叹这条路是多么的艰难！公路和铁路并排地贴着渭河的两边穿行，而这里的渭河没有滩也没有岸，水直接拍打着山根，用炸药和钢钎开凿出来的铁道和公路也仅仅能通过一列火车和一辆汽车。洞子奇多，几乎在黑暗中前行，盼望光明而光明又是那么的短暂，使你感觉到车不是向西走，而是越走越深，进入万劫不复的地狱。终于这一个洞子与另一个洞子距离略长，可以把整个脸柿饼一样地压扁在窗玻璃上，看到了对面正在通过火车，山根的石坎上站着一位穿了黄衣的路警，并没有行礼，却站得直直，流着清涕，旁边是一堆燃着的柴火。路还在往前钻，山越来越连着套着，河几乎在折行，崖头上坍下来乱石埋住了路面，可能是昨天发生的崩塌吧，有几十人在那里撬石头，乱石里露出一辆被砸瘪的小车前半部，三个人在那里用锯锯车门，把一具脑袋嵌入了肩里的尸体往外拉……我紧张地看着司机，司机没有说话，大家都一时无语。老郑递一个苹果让我吃——吃或许能缓释紧张和恐怖——我没有吃，拿油笔在苹果上画了一尊佛，放在了驾驶室的前窗台上。车似乎直立着爬上了那一堆山石土堆上，苹果就掉下来。重新放好，车又立栽般地下山石土堆，苹果又掉下来了。再一次放好。终于通过了塌方路段，车一停下，我们立即从车门逃出来，随之便瘫坐在地上，没有了一丝儿的力气。小路让大家都对天吐唾沫，呸呸呸，说这样可以避邪，不至于让刚才的死者阴魂附着了我们。我是不怕鬼的，因为要怕鬼，开凿这条路不知死了多少人，行走这条路又不知倒下了多少人，而铁路和公路未凿开之前，赶一队骆驼从这里经过，能不是死亡之旅吗？这是一条鬼路。在这条鬼路上，我们的祖先拨着鬼影而走，走出了一个民族曾经有过的博大和强盛，开放和繁荣。现在，一条渭河日夜不息地流动，它流动的是历史，我们逆河而上了，我怀疑我们是当年西征军营里的马或商队中的犬，要去觅寻往昔的一点记忆吗？

小路翻了一下身，睡熟的油乎乎的脸，看着令人害怕，但他的鼾声却停了。鼾声的停止突然使我不适应起来，以为他是憋住了气，年轻轻就要过去了，忙下床用手去试他的口鼻，却是哼儿一声鼾声又发动了，气得我拉下床头上的一双绣花鞋放在他的鼻前，让鞋臭熏死他！

金莲小绣鞋是小路白天收集到的，还有一双麻编鞋——小路是有收集鞋的癖好的。当车行到毛家庄，正好一列火车也停在那里，分散在石坡上的山民就把门户打开了，男的女的，老的少的，忙不迭地提着篮子从便道上往下跑。篮子里装着苹果、核桃和五味子，拥在车窗外"同志，同志"，殷勤叫卖，像河岸上的一群鸭子。五味子是一嘟噜一嘟噜的，颜色可人，但味道不好。当我们在品尝山货时，小路是不见踪影了，一会儿他从一家矮屋里出来，就笑嘻嘻地提着这两双鞋的，宗林叫道：你这嫖客，有爱破鞋的癖好？小路说，你不懂，这里边哲学上和美学上的学问大哩，西行的路上如果能收集到一些从未见过的鞋就是本人最大的得意了！

一路上，小路果然是收集到了两大纸箱的鞋。这些鞋当然多是各地的旅游点上的商品，他们在出卖风俗，冬夏四季的都有，老少男女的都有，也有各个民族的，逮的就是像小路这样的文化人的好新奇。那些脸蛋两团红肉的胖女人信誓旦旦地说：就这一双了！小路刚一转身，摊位下面又取出了一双摆在那里。两箱鞋分别在邮局打成包裹寄回了，我打击着他：最大的收藏是眼睛收藏，凡是拿眼见过了就算已经收藏过了；丝路是什么，就是重重叠叠的脚印，那该是走过了多少鞋?！

三天之后，我真的是把我的一双鞋和一颗牙丢在了路上。牙是严重的睡眠不足上火发炎而疼痛的，半个脸已经肿起来。这使大家十分紧张，因为任何一个人犯了毛病，行程计划将被打乱，沿途没有口腔专科医院，甚至像样的综合医院也没有，疼痛又使我耗费了忍耐能力，终于在一个小镇上被一位游窜的牙医拔掉了。这位牙医同时是卖老鼠药的，那一个大塑料盘里一半放着干硬的老鼠尾巴，一半放着发黑发黄的牙齿。他让我张开了嘴，黑乎乎的手伸进去摇动着所有的牙，当确定了病牙后，在牙根上涂了点什么药膏，然后手一拍我的后颈，牙就掉下来了。我把我的牙没有丢在那一堆牙齿中，牙是父母给我的一节骨头，它应该是高贵的，便抛上了一座古寺的屋顶去。鞋是在家时略有些夹脚，没想到在古浪跑了一天，脚便被磨破了，血痂粘住袜子脱不下来，好不容易地脱下来了，夜里被老鼠又拉进了墙角的洞里。路还长远，还得用脚，这鞋是无论如何也不能再穿了，但鞋还未到破的程度，我并没有把它扔进河里，也未征询小路要不要收藏，只是悄悄将它放在路边。在我们老家的山区，路边常会发现一些半旧不新的草鞋或布鞋，那是供在山路上行走的人突然鞋子破了再勉强替用的。我继承了老家山民的传统，特殊的是我在鞋壳里留下字条：这鞋没有什么污邪，只是它对我有些夹脚，如你的婚姻。

用棉纱包扎了我的脚，穿上了新袜和柔软的旅游鞋，我是走过了兰州周围的各县。我个头矮，穿上白色的旅游鞋，显得个头更矮了，但凡经过村镇，竟总有人瞧着我，小路问：我们这小伙怎么样，帅吧？回答的却是：鞋好。这是全国最贫困的地区之一，山上无树，黄土深厚，沿路的洋芋都开了花。钻进了一条有着无数的陶窑的土沟，一抹夕阳照来，整个沟坡的高高下下的田如一团巨大的石团被刀片胡乱地削过一样，在一派金黄色里闪亮。一群羊在沟底游移，牧羊的孩子坐在地上，脚手四爹，做着无聊的杂技。有老头和一头毛驴从坡垴处往下走，他双手抄在身后拉着毛驴的牵绳，路又如一条绳把他牵了过来。毛驴的额上有红的带子，是整个山沟最鲜艳的色彩，老头在吼着野调，漏齿的牙使口语不清，好不容易听明白了，吼的是：地里种的洋芋蛋，街上走的红脸蛋，炕上坐的糖糊蛋。我等着老头走近了问糖糊蛋是啥，他指了指路前一个没有长草的坟堆。这使我莫名其妙，又看了看坟堆，原来坟堆前垒着的不是一堆胡基，而是坐卧着一个人。人已经老得不像个人了，嘴皱得如婴儿屁眼，眼角糊着眼屎。这么老的人孤零零坐在坟前做甚？上前问：你老在这儿干啥？老人说我看我新房哩。又问你老多少高寿了？老人说活得丢人了，丢人了，九十二了阎王爷还不来领么。老人对生死的心态令我们惊叹，我要背他回坡下的村去，他硬是不肯，便掏了百元钱塞在他的怀里，我们便往沟畔我们要拜访的那户人家去。这人家在一处圆土峁下，五间的砖房与所有的人家土墙土屋顶不同，砖房的两边又各安了大木格窗，再加上刷黑的钉着大黄铜泡钉的大门，山峁如卧虎，这门窗就是卧虎的眉目了。主人的门前虽未有公路，他却是沟外镇子上的一支长途货运车队的车主，足迹和车辙终年在家乡与乌鲁木齐之间往复，那鼻子高耸的老婆也就是在酒泉的一个歌舞厅里认识而带回来的——他强调她不是坐台的小姐，是服务生。我们就坐在客厅里烧罐罐茶（用玉米棒芯儿在铁火盆里架火，将陶壶装满了砖茶在那里煮沸，然后一一倒在小陶杯里），北方没有新鲜茶，但陈茶这么熬出石油一样黑汁来，却是另一种味道。问起这么多年搞长途运输有没有出什么危险，他说这当然有啦，彭加木是死在罗布泊的，余纯顺也是死了，他在沙漠上就看见过已经被晒干的现代人的尸体，他们是科学家或探险人，只是和大自然做斗争，运输车队却装着货，还得防那些强盗哩。他说他在一个夜里经过觉金山，突然前边有人挡车，他才要停下来，蓦地发现前边不远还有一个人提着一根木棒，立即明白遇上坏人了，刚踩了油门，挡车的那人就扑上车门外的脚踏板上，并已拉开了车门。他是一手把握着方向盘，一手斜过去紧拉车门扶手，两人就那么对峙着。亏得他脑子清楚——他说，我的长处是越在紧急时脑子越清白——就将车往崖根靠，既要靠近崖根，又不能把车碰在崖根，车就离崖根半尺宽，强盗便被挤伤了掉下去，然后一口气将车开下了山，才发现拉车门的那只手皮肉都拉裂了。

　　生生死死的搏斗，车主的描述是非常简单和轻松的，他不停地为我们熬茶，宗林就喝醉了——酒能醉人，茶也能醉人的——跑在门前的场边咯咯哇哇地呕吐。沟畔里就上来一个人，大声吆喝着"三娃"。"三娃"吆喝了半天没回应，那人说："志高——！"车主就走出去问啥事，叫魂似的？那人说不叫大名就不出哇？！车主说就因为背运才改了名，你还是叫小名，叫得我还得和你一样穷吗？两人开始了一阵像吵架一样的对话。原来来人问车主几时去张掖，他的儿媳是张掖人，小两口去那儿弹棉花呀，墙高的人在家闲着，去挣几个钱是几个钱，在家闲着总不是个事呀！车主说明日一早就有车去张掖一带，但驾驶室里已经有人说好了，要搭顺车可以坐到卡车箱上面，如果不嫌风大，明早五点钟在沟口路上等着。车主就请那人来家坐坐，那人说他要走呀，身子不合适，头疼。车主说来喝口茶么，一喝头就不疼了。那人进来没有喝茶，却从怀里掏出个醋瓶子抿了几口，车主就作践你这个山西人，来这里做女婿三十年了，还不改吃醋的德行，便又对我们说来的这人叫松松，待儿子不好待儿媳妇好，儿媳妇生孩子时难产，他拿了醋放在儿媳妇的腿中间，嚷道山西人的后代要闻醋的，孩子果然闻见了醋味头就冒出来了。

到了张掖，最让我吃惊的是棉田，早知道河西走廊乃至整个新疆产棉，但走过一排杨树，迎面的竟是棉田一眼望不到头。棉花棵子并不高，棉桃硕大，吐着白花，拾棉的人几十个一溜儿摆开，衣着、说话都不是本地的模样，我也就想起了在陶窑沟车主家见到的松松，莫非这里边就有着松松的儿子和儿媳？我们走近去询问一位胖腰短腿的妇女，妇女竟是陕西南部我的同乡。嘿哟，乡党见乡党，我话一出口，她激动得就哭了。我问她是怎么来的，她还是夸我说话咋这么中听哩，然后才说她是一伙十二个人坐了火车来的，在家时听招工的人讲来拾棉花，心想拾棉花多轻省的活儿，又能挣得好钱，高高兴兴来了。来了工头把他们领到地边，说，拾吧，她一看见铺天盖地的棉花，吓得当下就软坐在了地上。"我吃不惯羊肉。"她说，"水土又不服，弯腰拾一天，夜里睡在床上全散架了，腿不是了我的腿，胳膊也不是了我的胳膊！"我同情着我的乡党，但我不知道该怎么来安慰她，不敢看她，仰了头看天上的云，云很高，挽了一疙瘩一疙瘩。老郑忙岔了话头，问这里有没有甘肃文登的小两口也拾棉花？她说和她一块儿拾的除了乡党，有六个河南人，还有一个湖南妹子，就指了一下远处的一个小女子，那女子是噘噘嘴，像吹火状。我说，噢，还有南方人，就她一个？乡党压低声音说：英英才可怜哩，年轻轻的守了寡，家里不要，孩子也被夺去了，一个人流浪过来的。

她说着，又后悔自己不该把朋友的隐私翻出来，不说了，不说了，但她还是忍不住又说给了我们，她或许是个藏不住事的人，也或许见了乡党只把憋着的话说出来痛快。因此，我们便知道了这个叫英英的湖南妹子家住在铁路沿线，地少人多，日子苦焦，村人就集体偷扒火车。隔三岔五了，男人们三更半夜爬上经过的货车，疯了似的，见什么就往下扔什么，老汉和妇女是藏在路基下的荒草里，见车上扔下东西来，便捡着往村里搬，搬到村里平均着分。因此，这村子也因此富裕开了，也因此从火车上摔死过三人，也因此被当地派出所抓去了三人。村人有个协定，凡是谁家的男人出了事，坐了牢或亡了身，集体来养活这一家。英英有一个两岁的孩子，丈夫在一次扒盗中从车厢上往下跳，跳下来落在一个水坑里淹死了。丈夫死了村人当然要管他们家，但丈夫是个笨人，历来的扒盗中仅是个喽啰人物，而且他的死完全是他的笨造成的，村人就将四万元钱一次付给她家罢了。公公婆婆想，大儿子死了，还有个患摇头风的小儿子，就要英英和小儿子结婚。英英看不上小叔子，小叔子头摇着还罢了，那常年流涎水让她恶心。公公婆婆便翻了脸，要把孙子留下，让英英出门，钱是不给一分的。英英寻过村里的老者，老者说，你既然迟早要结婚，孩子留下是人家的根呀，至于钱，按法律也得判给儿子啊！英英就提了装有换洗衣服的包袱流浪出来了。

英英的遭遇使我唏嘘不已，想给她出主意回去状告她的公公婆婆，可她的丈夫本身是个犯法的人，政府能支持她？想给她写个信去找找张掖市的马老板，能否安置她在那个大公司寻个工作——马老板和老郑熟悉，请我们吃过一顿饭——可她的形象太差，私企老板是不会接收的，信写了一半又揉掉了。我能帮她的，是我将一只吉祥葫芦让乡党转交给她。吉祥葫芦鸡蛋大，上面刻绘了菩萨，是在兰州的黄河边上特为辟邪买的。乡党说：你也不送我一只？你看上英英啦？

我看上的是至今仍不肯说出一句"我也爱你"的人。

我们在兰州，仍是未得到已经在西路的她的任何消息，我度过了最浮躁不安的几天。这座在中国占有重要位置的边城变化得天翻地覆，七年前我曾在这里走遍了巷巷道道，闭着眼睛也能走到那几家著名的拉面馆，但如今街路拓宽，新楼矗立，车流堵塞，人乱如蚁，你压根儿不知了东南西北。在黄河桥边去看水车——我的生命里永远有着农民的基因，一看见犁过的地就想上去踩踩，一看见青草就想去割了喂牛——水车只剩下了一座，仅作为个象征物让人参观。往昔的兰州城是很小的，黄河南岸仍是大片的田地，十六米直径的大水轮成百座在日夜车水，轰轰隆隆，天摇地动，是何等的壮观！时代变迁了，城市扩建了，没有了农村的贫穷和落后，也消失了纯朴而美丽的风景。我坐在那里，茫然地往对面一家宾馆门口看，门外马路上停满了小车，三个蓬头垢面的孩子立即提了小水桶和抹布去擦车。有车主大腹便便地出来了，大声呵斥：谁让你擦的？瞧瞧，越擦越脏了！孩子停驻在那里一语不发，看着车头一处的水痕还用袖头又揩了一下。车主钻进驾驶室了，孩子却一下子趴在门窗口，一声声叫"叔叔，叔叔"，车主又骂了几句，掏出一把钱来，从中抽了一张五元票，扔出车窗，车就开走了。而宾馆左边的小巷口，是一辆已经停得很久的三轮架子车，架子车上装着垃圾，拉车的人坐在车上，先是毫无表情地看着那些为人擦车挣钱的孩子，后来脑袋就搁在车帮上睡着了，你无法想象车上的垃圾的臭味如何使他沉睡不醒，以至于孩子们为那五元钱争执着跑过身边，他还未醒来。这时候，巷子里另一个女孩走出来，她是沿着巷左的一排商店橱窗走过来，站在那里不动了，傍晚的落日正照在那橱窗的玻璃上，或许她奇怪了怎么每一块玻璃上都有一个发红的太阳，就立在那里发愣了，而夕阳的余晖和玻璃的折射使她罩上了一星亮光。我霍地站起来，难道是她?！但女孩毕竟是女孩，虽然特别像她，也只是她的缩小了的一个坏模罢了。我又坐下去，继续往巷子里看，自己笑自己犯神经，却自此有了一种异样的感觉：她是来过了兰州，或者，她也正在兰州。

这样的感觉使我情绪倍增，在兰州多待了一天，而且走街串巷。庆仁瞧我的浮躁样，曾经问：你要买什么？我说碰见什么能买的就买呗。庆仁就赞叹兰州上市的瓜果品种这么多的，我说是多，都不甜么。

几乎是从甘谷起，西兰公路上就时不时长有一些柳树，柳树一搂粗，空裂着腹。沟底或村畔的柳是每年有人砍去枝条搭窝棚和做柴薪，树长得就是一个粗短的黑桩和一蓬鲜绿的树冠，像是大的蘑菇一般，而公路上的柳却是肆意生长，这就是左公柳。西路上到处有着汉以来为打通这条路和疏通这条路的遗迹和故事，天水是见到了李广墓（墓现在荒芜在一所小学校的角落，墓前的石马无头断足。李广的武艺超群，曾醉中将卧石看作伏虎，能一箭射透，但他的命运不济，元帝时朝廷重用老将，而他年轻，到了武帝时朝廷又重用少将，他却又老了。一生虽经百战，终未封侯，他是个晦气的人物，所以当年蒋介石号召国民党将领向李广学习，甚至亲自约部下来为李广扫墓，应者寥寥，陪同的仅侍从数人），在秦安是踏勘了三国时期失街亭的战场，又于陇西登临了北宋年间防御戎夏的威远楼。而左公柳是左宗棠西征时沿途植栽的，现在这种柳树还存活着多少，已经无人知道，但它肯定是历史保存给西路最多的也是最鲜活的证据。我们经过文峰镇时遇见了一位长者，他讲起清同治年间的西部回汉仇杀，仅陇西城原有居民十四万，仇杀后仅剩几千人，城外有两个大坑专埋尸骨，开头还整整齐齐排放，后来来不及了，就用粪耙子扒，坑外是沟壑，人血竟从壑壁的裂缝往外渗。左宗棠就是那次去西征平叛的。但因他一路又杀的回民太多，现在的回民对他避而不谈，当在路上问起左公柳的事，凡是戴小白帽的，全都说：鬼知道那是啥树！民族的感情我们是理解的，可想一想，国家的形成，王朝的建立，哪里不是用鲜血产生的？所谓的民族区别——其实人都是一样的人——只是集中居住的地理环境不同而逐渐形成了各自的性格、语言、风俗和宗教而已。读《西游记》，读到西域各国烧庙杀僧，那正是伊斯兰教进入的历史。现在汉人多驻于中原，回民集中于西北，新疆的维吾尔生活在河川，哈萨克游牧于深山，西路上是众多民族汇合地，保住了西路的安全，也就是稳定了各个民族间的团结和繁荣。

我们早已知道了出塞的那个昭君，也知道了文成公主的进藏，闻名于世的吐鲁番的额敏塔是额敏和卓帮助清高宗平定准噶尔有功受封而建造的，哈密瓜的称谓也是北京城人对哈密回王每年向清廷进贡的香瓜的冠名。但是，世人对于唐世平公主几乎要遗忘了，这位公主是嫁给了武威王的，她是怎么样个金枝玉叶身，又是如何来的，一生又在武威过的什么样的日子，史书没有记载，民间也无传说，我们只在武威的博物馆里看到了一块小小的她的墓志石碑。再是那个鸠摩罗什，从西域到了武威，一住就是十六七年，组织译经，开凿石窟，然后东下，沿途传法，以致陇西至天水一带成为中国佛窟寺院最多的地区，单是甘谷旧城就有二十四座庙，以至于一条大街上一半是东禅院，一半是西禅院。还有苏武呢，小时候站在乡间的土场子上看高高戏楼上演《苏武牧羊》，一声"汉苏武在北海身体困倦"，然后一个老头颤颤巍巍地出来唱着没完没了的词，令人厌烦，到了西路，方知道他作为汉使者被匈奴扣留并逐放于北海牧羊了十九年，十九年是个什么数字呢？丝绸瓷器是到了西域，葡萄、番茄、琉璃、地毯、琵琶、箜篌、腰鼓却来了东土。河西被封设了五郡，五郡的城头上飘扬了大汉旗帜，匈奴休屠王的太子竟又在汉朝做官封侯。在甘肃的永登，我们专门去看了一个人称吉卜赛的村，果然村人生活习惯与吉卜赛酷似，尤其是女人皆识手相之术，经年累月结伙出外以看手相谋生。还有永昌县的牛头镇，全镇男女体格高大，碧目耸鼻，也不避讳其祖先是古罗马人，当年贩丝绸流落在此的。与这些人相见，小路免不了要与那些看手相的女人厮混，她们查看他的掌纹，过去的事一说一个准，他也目测她们，说某某身高多少，胸围几尺，也是从不失误。可宗林要给他与那些古罗马后裔照相时，小路是坚决不照的，他丑陋，不愿意陪衬她们的美，我也是西路东段的人，他说，怎么我的祖先就那么保持纯粹血统呢？怨恨不已。

一条路，从东往西，从西往东，来来去去了多少人呢？

敦煌去安西的戈壁沙漠上，我们的车极致了它的兽性，速度每小时一百六十公里，可是三个小时过去了，路上并没有见到一个行人。第四个小时吧，似乎前面有个踪影，还以为是只野兽，黑乎乎的一团，两条腿又拉着缓缓移动，后才确定是人，形容枯瘦，衣衫肮脏，背有一个行囊。车是一闪而过的，但大家都看到了，是逃犯还是乞丐，我们竟讨论了半天，最后的结论不管这是一位什么人，必定不久就渴死饿死的。同是大漠上的人，能面对着一个将会渴死饿死者一闪而过吗——邂逅是有着缘分的，应该格外珍惜，对于一株奄奄一息的戈壁植物我们都曾注目一阵，企图要读懂它的存在的意义，何况一个人呢？——我们的车调转了方向又往回开，停在了那独行者的面前。

"喂，你从哪儿来呀？"我们问道。

"从乌鲁木齐来的。"他回答着。

"哎，要往哪里去呀？"

"要到西安去！"

我立即过去要替他取下行囊，说我们正是从西安要到乌鲁木齐去的，如果愿意，请上我们的车，再往乌鲁木齐去一趟了就可以一块儿回西安。但他说声谢谢，拒绝了，他告诉我们，他是特意徒步行走的，可他不是探险者，他的夫人一直开着宝马车在前一站，她不让他看见她，却每隔一百公里在路边做了记号为他埋藏着水和吃食。原来是这样，我倒有些不好意思了，我将一支烟递给了他，他将烟塞在那一蓬脏兮兮胡须下的嘴里噗噗地吸，然后一起立在那里撒尿。他尿得比我高，也比我有力，我却因热尿泄出更感觉身子冷。坐在车上的时候太阳隔窗照射，热得脱了毛衣，下了车天气竟那么冷，手僵得裤带解不开，解开了又掏不着那个东西，好长时间方尿出来，以最快的速度尿，似乎慢一点那尿就成了冰棍要撑住身子哩。

告别了独行人，我们坐车继续西行，宗林和小路依然对独行人产生着兴趣。如果那人说的是实话，他俩说，那夫妻绝对不是一般人了，妻子能开着宝马车在前，丈夫徒步在后，肯定是发了财的老板！当老板的却如此这般行走，是有着什么难以发泄的不被外人知晓的痛苦呢，还是他们有着一段浪漫的契约？或许，他们是疯子。更或许，那人压根儿是不真实的，我们看到的并不是真人，是西路上的一个幻变了的漂泊鬼魂？！他俩的各种疑问并没有激起我说话的欲望，我回想着刚才与独行人的问答，觉得那问答是那么熟悉，蓦地记得了，在禅宗台案里有这么一段描写，一个人问禅师：你从哪里来的？禅师说：顺着脚来的。又问：要往哪里去？禅师说：风到哪里去我到哪里去。更记得了耶稣基督也是走到哪里总有人问：你从哪里来，要到哪里去？基督的回答从来一样：我来自地狱之城，要到天堂之城去啊！

四、是谁留下千年的祈盼

在我们从西安出发的时候，车里是钻进了一只苍蝇，宗林和庆仁曾忙活了半天去扑打，苍蝇却总是打不着，它站在庆仁的光头上，甚至就蹲在宗林当蝇拍摔打的那本杂志上。我便说这苍蝇有知识，恐怕也要随咱们一块儿上路呢，就留着吧。苍蝇便一直跟着我们。没想愈往西走，苍蝇愈觉得可爱，直到那天在戈壁滩上跑了一整天，我们要下车来小解，心想苍蝇这下会顺车门而溜掉的，但上了车，它仍趴在驾驶室的照后镜上，一条前腿跷起来极快地抚摸着脑袋，便知道它是个女性，不仅可爱，而且是很伟大的了。车经过一个镇落，庆仁专门下去买了一个西瓜，切开了就放在后箱角，对苍蝇说：你吃吧，咱们已经是一个团队了，我们会带你安全返回西安的。

过了兰州，黄河折头要往南而去了，我们没有乘坐羊皮筏子去体验水上的乐趣，而豪壮地往河里撒了一泡尿——让黄河涨了水去，把一切污秽都冲到海里去——头不回地往西，往西。黄土堆积的浑圆的山包没有了，代替的是连绵不绝的冰冷峥嵘的祁连。祁连应该是中国最逶迤的山，千百年来风如刀一样日复一日地砍杀，是土质的全部都飞走了，坑坑坎坎，凹凹凸凸，如巨木倒地腐化后的筋，祁连就成了山之骨。在全程的西路上，我们的车翻越了三个要去的山，一个是乌鞘岭，一个是当金山，一个是星星峡，另外有天山和火焰山。翻过乌鞘岭，可以说真正是另一个天地，长城离我们是那样的近，往日电视里看到的八达岭的长城是高大和雄伟，在这里却残败不堪，有的段落仅剩下如土梁一般的墙基，它是一条经过了漫长的冬季而腐败得拎也拎不起的瓜藤。伟大的永远是大自然，任何人为的东西都变得渺小，但这里却使你获得了历史的真实和壮美。山并不是多么险峻（这如河在下游里无声），车却半天爬不上去，而且开锅了数次。在山下还都穿着衬衣，到了山顶太阳依然照着，却飘起雪花，雪花大如梅花。忽然看见了一只鹰，斜刺着飞下来落在一块石头上，如又一块石头。停下车来吟了古句"偶呼明月向千古，曾与梅花住一山"，人一下来衣服立即宽了许多，匆匆在路碑前留一张影，赶忙开车又走——是逃走了一般——感觉里自己的影子还被冻僵在那路碑石前。下山转了多少个弯子，已不知道，我们在车里东倒西歪，像滚了元宵，却看见了就在前边，似乎很平坦的地段上，有两辆车翻了。事故发生的时间可能不长，一辆仰面的卡车车轮还在转，伤者或死者已被运走，有人凶神恶煞地提着皮带站在旁边，监视着已经围聚过来的虎视眈眈盯着散落货包的人群。我们的车也停下来。老郑跑过去问提皮带的人需要不需要我们帮助，回答是已经派人去前边的公路管理站报告了，马上会有人来处理，只问有没有烟，能否给他吸吸。老郑是不吸烟的，来向我要烟，我抓起三包扔了过去，并拆开两包天女散花般撒向围观的人，喊道：多谢大家照顾了！人群抢拾着烟支，轰地回应："没说的，没说的。"会吸的把烟点着了，不会吸的将烟夹在耳朵上，差不多散开，踅进村去了。村就是路北坡沟的一簇屋舍——这是我第一次见到的别于内地的村舍——不长树，没有砖瓦，没有井台和碾盘，一律低矮如火柴盒似的土墙土顶的土。若不是那每个土顶上的土坯烟囱冒着黑烟，我会以为那是童话里的。

但是，到了古浪，山却出现了极独特的形状：其势如卧虎，且有虎纹，是从山顶到山底布局均匀的柔和的沟渠。卧虎卧着的不是一个，是一群，排列成序，序中有乱，如被谁赶动着的，呈现了的不是一种柔弱，而是慵懒，大而化之，内敛了强大的爆发力。过了古浪，我们看到的又是恢复了骨质的那种山，魔幻般的一会儿离我们很近，一会儿离我们又极其遥远，庆仁才惊呼着山是被硫酸腐蚀过的，怪不得祁连也称天山，却又有一段山峦突然间失去了峥嵘，浑浑圆圆有着黄土高原土峁的呆样。车发了疯地狂奔，细沙在玻璃窗上如水沫一样流成丝道，山极快地向后退着，变化着，如此几个小时后，山就彻底地死亡了，是烧焚过一般，有一层黑沙，而更多的山口出现冲积洪积扇的沙滩，同时路北的腾格里沙漠如海一样深沉。宗林突然锐叫：那边有炊烟！已经是老半天未见到人的踪迹了，有炊烟就有人啊，我们都趴在车窗上看，烟确实是直直的一柱，却未见到房子、毡包和人影晃动。而盯着烟柱，神秘地屏了气息，倏忽间烟柱在游动，真的在游动，且愈游动愈快，竟就到了我们车边——原来是小的龙卷风！于是，我们讨论了古人的诗句：大漠孤烟直，长河落日圆。哈，一定是古人犯了错，古人也会犯错的，错把龙卷风当作炊烟了！（以此，我们重新解释了一些古人诗句，如用性意识分析李清照的《如梦令》：昨夜雨疏风骤，浓睡不消残酒。试问卷帘人，却道海棠依旧。知否？知否？应是绿肥红瘦。又新释了毛泽东的"题仙人洞"：暮色苍茫看劲松，乱云飞渡仍从容。天生一个仙人洞，无限风光在险峰。）我们是好得意的，一得意就忘了形，把车停下来去拍摄壮景，宗林甚至说他要写一篇论文，这论文绝对会得奖的，然后司机却大声地呼叫着快上车，沙尘暴要来了！要来沙尘暴？我们看天，天上并没有特别异样的变化，但司机是经常走这条路的，他平时又不苟言笑，而他那么紧张地叫喊，我们是不能不听的。坐上车呼啸着就跑，风是果然就强硬起来，隔着窗玻璃听见哨子响，便见戈壁沙漠里起了无数的沙道儿，从骆驼草、沙棘、红柳根部唰唰地方向不定地窜，如蛇群狂舞，同时感觉到车时不时就飘起来。公路上有三辆载着货物的卡车已经停住，从车上下来七八个人慌不迭地往车帮系粗长的绳索，然后一起跑到风的反方向处使劲拉紧绳索，但一辆卡车还是

099

翻倒了。远处一个维吾尔老人骑着毛驴，人与驴几乎朝着风倾斜了四十度，出奇地还在走着，犹如电影中人在太空的镜头。小路的喉咙发炎了多日，时不时就咳一口稠稠的东西，他下意识地将车门刚开一个缝要吐出去，门哗地张开，虽紧急关闭了，吓得司机脸都白了，并厉声呵斥：这么大的风你敢开门，车门掀掉了不要紧，把人吸出去了还想活不活?！小路再也没了笑话，老老实实地瓷了半天。

我们的车终于在半小时后驶进了一丛杨树林子。车轮上溅有血迹，这令我们百思不解，可能是奔跑中碾着了急不择路的什么小野物，但似乎并没有发现有野物横穿公路，庆仁则认为这车是汗血马的魂灵附体了，它跑得太快，也出了血汗。

杨树林子后原本是一处村落，能依稀看到往昔的屋基和田地的模样，但现在滋养人与植物的水分在减少，湿地已紧缩，所有的人都搬迁了，仅除了一处房子住人，操持着给过往车辆充气补胎的营生。补胎人年纪并不大，光脑顶、大胡子，小路叽咕了一句：满头是脸，满脸是头。补胎人可能正与老婆怄气，一边收拾门前的修补工具，一边骂人，见我们车嘎地开进林子下，不骂了，招呼我们从车上快下来到屋子里去。门外天一下子灰了，黑了，接着像冰雹一样噼里啪啦地响。屋门是关了的，使劲地被风沙摇撞，后来吱吱吱如老鼠在哨，塞在门脑上的草把子一掉下来，而木梁上吊着的一个大柳条笼就秋千一样地晃。一只狗卧在那里一声不吭，灶洞口却出来了一只猫，它是从外边的烟囱里钻进来的，白猫成了黑猫。"没事了，没事了。"补胎人招呼着我们往炕上坐，又生硬地让老婆给我们倒开水。一人一碗水，喝到最后，碗底沉积着一小摊沙。宗林有些稳不住气了，问司机这样的天气可能会多久，会不会被困在这里。我说，没有棋么，有棋就好了，陈毅元帅战场上还下棋哩，大丈夫临危得有静气啊！我知道我脸上的肌肉还在僵着，却煞有介事地问起补胎人的生意了。他说：还可以，就是没有喷漆设备，要不真的发了财喽。我说：喷漆设备？他说：喷漆设备。我莫名其妙。这样的灰暗和嘈杂约莫过了四十分钟，外面渐渐明亮和安静下来，我们开了门，屋东边墙下涌聚了一堆沙，一只老大的四足虫四肢分开地贴在墙上，一动不动，用棍儿戳戳，掉下来，已经死了。而一只破皮鞋在高高的树梢上晃悠。树林子里的车完好无缺，我们就重新上路了，但一辆车很快地向补胎房驶来，这车令我们先是一惊，总觉得不像车，后来就噗地喷笑，原来车皮上的绿漆都在沙尘暴里剥脱了，像害病脱了毛的鸡，丑陋而滑稽。

还在家时，读过于右任一首诗，对其诗的序文觉得神奇："甘州西黑水河岸古坟，占地十余里，土人称为黑水国，掘者发现中原灶具甚多，遗骸胫骨皆长。余捡得大吉砖，并发现草隶数字。"到了张掖，方知道黑水国就是张掖古城，也知道了张掖是古丝绸路上全国最大的国际贸易大市场，即公元六〇九年，隋炀帝在此曾会见了二十七国的君主和使臣，亲自主持举办了万国博览会。但万国博览会并没有留下任何遗迹，黑水国虽有两座古城堡，一座已被沙埋没，一座堡内建筑荡然无存，唯有大量的砖块、瓷片和石磨，拣了半天，也不见一块上有什么文字。出了城堡，本意是寻个僻背处方便，却见城堡外有一片蒿子梅，全开着蓝色的花，在微风中轻盈如蝶。哇噻！我呼叫了一声。我一向讨厌港澳一带的人大惊小怪的语气，现在竟这么呼叫，觉得是最能表现我的情绪了。真是奇异的事，到西部来外人一定以为我关注的是大的印象，殊不知在天高地阔的丝路上，却常常是一些细小柔弱的东西激起了我的注意。几乎是近二十天了还未看到过花哩，这一片蒿子梅令我愉悦了，我坐在那里看它的颜色，闻它的香气。看着闻着，我却伤感这么好的一片花却开在这荒僻地，而且是深秋，快到败时。宗林端着摄像机跑过来，摆弄着我在花前照相，风便把一朵花送到我的腮前。我说：咦呀，这花要给我说话了？！小路就说：这花前世一定是个美丽女子！就这一句话，使我立在那里发了一阵呆。她在第二次来我家的时候，我正在书房里写作，重而脆的脚步声从楼梯第一层踏起，我就觉得是她来了，屏气听脚步响到了六层，门铃响了，开门果然是她。她怀抱着偌大的一堆花，全是蓝色的勿忘我。我说，呀，让我不要忘了你呀？她说是勿忘我吗，我真的不知道这是什么花，路过花店，瞧这花美丽就买了一大抱，若真是勿忘我，那得收回了！我说，你说的是真话，我也要以为你是有心买这种花的，现在这花进了我家，就是我的东西，你已无权带走它了。蒿子梅的颜色竟与勿忘我一个颜色，这是什么意思呢？神灵要暗示着什么吗？是不是她来过这里，还就在张掖一带？我不让宗林再拍照了，小心翼翼地采了一大束蒿子梅回坐到车上。当我要取一支烟吸时，让小路帮我拿花，小路顺手将花放在车脚下，我便火了，大发了一通脾气，小路受了没头没脑的责备，说我神经。我把蒿子梅抱在怀里，一路到了宾馆就寻插花的瓶子，寻到的却是一只很憨朴的陶瓶，这花就陪我在张掖度过了三天。庆仁笑我瓶子是旧瓶，花是快败了的花，若是人也该称作徐娘了，我便在瓶子上写了：旧瓶不厌徐娘老，西路风月剧清华。并称蒿子梅是西路之花。

西路上的花，只有蒿子梅。自从在张掖黑水国旧址见到了那一片蒿子梅，留神起来，竟在以后的行程中时不时碰着它。它可以是野生，一片树林子后，一弯沙梁的低洼处，或大或小地就有了那么一丛，而沿途的城镇村落，人们又喜欢在院子里种植或花盆里栽培。西部的所有草木都可能是皮干粗糙，形状矮小，唯有蒿子梅纤细瘦长，它不富贵，绝对清丽。

因为老郑大半生是在西部的军营度过的，现在还仍是部队驻西安某干休所所长，一路上基本上和部队联系，吃住都靠沿途军营来安排。可以说，西路上我们走的是军线。在×团的驻地里，我们认识了黄参谋，他正在修补着驻地院子里一片蒿子梅的篱笆，这一片蒿子梅的花什么颜色的都有，风吹过来，摇曳着如五彩祥云。我大声地夸耀着蒿子梅，说这里有土有水，蒿子梅是我在西路见到最美丽的蒿子梅。黄参谋却说十八年前你要来这里就不会说这话了，在这里建营房时满地卵石和骆驼草，为了保住一丛蒿子梅，他们每日节约着生活用水来浇灌，直至以后从远处拉来了土，又引来了祁连山上的雪水，蒿子梅才发展成了这般阵势。黄参谋的话让我心里咯噔咯噔地跳，蒿子梅虽然是生长在戈壁沙漠，但它是娇贵的，她虽然让我在今生很容易地相遇，但她又岂能是一般的女子呢？西路以来，总是不见她的踪迹，可她似乎又无处不在，云在山头登上山头云愈远，月在水中拨开水面月更深，却总有云总有月吧。我这么想着，真希望黄参谋多说说关于蒿子梅的事，他说：不说花了，说军事上的事吧，我毕竟是军人啊！我当下脸红了，警惕了我在爱恋上的沉溺，就提议黄参谋多介绍些这里的情况，多领我们去看看一些景点。这位爱花的黄参谋，果然是满腹的西路上的军事故事，他讲了张骞出使西域时的向导是一位叫甘父的匈奴人，扣压张骞的是匈奴贵族单于庭，单于庭逼迫张骞娶妻生子，在张骞出逃后单于庭是把张骞的儿子用马刀劈杀的。张骞从大宛返回时，为了避免途经匈奴，改走了路线，沿昆仑山北麓向东，经莎车、和田、鄯善，这完全是犯了路线错误，因为那里道路更难走，且羌人更惧怕匈奴，才又一次被抓住当作了讨好单于庭的礼物。他讲了霍去病为什么在元狩二年出征能杀败匈奴的兰王和卢侯王，是霍去病没有直接攻取乌鞘岭，而是偷渡庄浪河，撕开了匈奴防线。到了元狩二年夏再次出兵，是从祁连山突进的，一场恶战俘获单于单桓、酋涂王及相国、都尉以众降下者二千五百余人。又到秋天，采用离间计，浑邪王率部下四万人投降。霍去病是有勇有谋，不是李广战而败，败而战。河西走廊是世界上最大的一个古战场，是霍去病张扬了武力，现在最重要的两个城镇之所以取名武威和张掖，武威就是汉王朝在此耀武扬威，张掖就是"断匈奴之臂，张中国之掖（腋）"。黄参谋最有兴趣的——当然更是我们的兴趣——是领我们去看长城，去看长城沿线的关隘和烽燧了。

从春秋战国开始，随着各诸侯国的兼并战争的加剧、军队成分的改变和军事技术的发展，为了适应边境设防的需要，利用山脉、河流或堑山填谷，逐渐形成烽燧相望、城障相连的完整的军事防御工程体系。在秦朝，匈奴就在北方频繁袭扰，防御工程便从辽东修到了甘肃岷县。到了丝绸之路打通后，长城（当地人称边墙）自然延伸到了嘉峪关。当我们在古浪时，是顺路见识了石峡关，在武威却未去各关隘，经黄参谋介绍，又调车头返回去了扁都口关，目睹了那里的峭壁陡立，领略了那变幻无常的气候，庆仁就是在那里感冒了，清涕长流，喷嚏连天响。黄参谋说，隋炀帝当年到张掖路过这里，正值风霰晦暝，士卒冻死了大半。小路瞧着谷径险狭，还要往深处去，被老郑骂了一顿，才赶紧退出。到山丹看峡口关，峡中湿云峥叠，呼吸也觉得困难，听说附近产石燕，若遇大风，石燕联翩飞舞，可惜我们未见其景，仅拾得鸡蛋大一块石燕，还缺了燕头。再去看红寺山关，看铁门关。到高台县的红崖堡，石灰关。去酒泉的胭脂堡，传说是北宋的佘太君率十二寡妇西征，在此梳妆打扮，筑城建堡，堡内泉水泛红色，可观赏而人不能饮。还有镇夷堡，两山口，断山峡口，还有像双目和蟹钳而在西域门口对峙的玉门关和阳关，一直追寻到万里长城的西端最重要的关隘嘉峪关了。

嘉峪关是坐落在祁连山与黑山之间的一个岩冈。汉时在今石峡关口内设有玉石障，依山凭险，加强防御，五代时在黑山设天门关，现在的关城是建于明洪武五年。我们登临关楼，正是风起时节，放眼关内外峻山戈壁，壮怀激烈，近观城廊楼台，砖土一色，静穆肃然，顿时感觉历史其实就是现实，时间在凝固着，不知了今是何年。关楼前的场子上是一座关帝庙——关帝永远是中国人的威武象征。如果嘉峪关是口内的大门，修关帝庙在这里就如同秦琼敬德一样做了门神——庙前是小小的一座戏台，正有一个秦腔班子在那里演出。台前观看的人不多，仅是刚从关楼上下来的一伙，全都外套系在腰内，墨镜架在额颅上，可能这些东南沿海的人欣赏不了秦腔，便指指点点台上演员谁个腰粗，谁个腿短。我们却看得痴醉，庆仁已经盘腿坐在尘土地上画起速写了。一个戴着硬腿椭圆水晶镜的老者就从台口的木梯上猫腰下来，他一直看着我，眼珠往上翻着，额颅上皱出一个王字：我看你像一个人！我说：是吗？他说：你姓贾？我就这样被认出了。原来这是从陕西过来的一帮民间艺人，行头简陋，衣着土气，但唱腔做工到位，已经在这里演出半年了。我遂被邀上台去。戏继续在演着，台下几乎只有宗林、小路他们了，但演员仍是挣破脸地唱，敲板的那个老头双目微闭，摇头晃脑，将木盘上的那张牛皮敲得爆豆一般。秦腔虽然是发源于陕西的地方戏种，但流传整个西部，外地人看秦腔，最初的印象是嘴张得特别大，声吼得特别粗，但秦腔在这么个地方演唱是最和谐于天地环境了。那天清唱的都是古戏，内容差不多与西部的历史有关，如果嘉峪关是个老人，这戏文该是它的一种回忆了。戴水晶镜的老者也吼唱了一段《苏武牧羊》，问我唱不唱，我说我声不好，如果有羌笛，我吹一段龟兹曲吧。（我是个蹩脚的音乐爱好者，但我知道炀帝时定天下九部乐，即清乐、西凉、龟兹、天竺、康国、疏勒、安国、高丽、礼毕，而九部乐中六部皆来自西部。我的家乡至今有无数乐班，走村串镇为百姓家的红白事吹奏，人却俗称乐班为龟兹，那曲调我也就会那么几段。）演出几乎要变成一种聚会了，老者赶忙取羌笛，这时候，我的手机响了，看了一下显示的号码，立即扔下羌笛噢了一声。

电话号码是她的，打开手机到了化妆室，那里三个女演员正在换裙衩，我那时的急迫样子她们一定会发笑，但我什么也不知道了。

你还活着？

我在你心中已经死了吗？

不，不，是我快为你急死了！你在哪儿？

我在鄯善。

天哪，你真的也到了西部！我在嘉峪关，嘉峪关离鄯善多近啊——你在鄯善等着吧——我们明天，最迟后天就到！

我已经离开鄯善到敦煌，然后去青海油田，要走的是油线。

油线？

电话突然地断了。我以为地处偏僻，信号不良，低头看时，竟是我的手机没电了。偏偏在这个时候没了电，使我十分沮丧。下了戏楼，用宗林的手机再拨，然而，她的手机已经关闭了。

这个中午回到宾馆，我给手机充上电，开始坐在那里用扑克预测——将扑克暗排一至七层的塔形，然后用手中的余牌配十三数而揭，看能否全部揭开。当我们在一起的时候，共同玩过这种把戏，我说我们能成为朋友，朋友中的朋友吧，扑克是一直未能打通过，这个中午，应该说是几十天来最兴奋的一天，虽然有着遗憾和烦恼，但毕竟知道了她的具体行踪，我相信扑克会通的。我给自己说：生活就是这样，要享受欢乐也要享受烦恼，念念叨叨中摆了一次，没有通。一次不算，以再一次为准。还是不通。最后一次吧，绝不反悔！牌在一层一层打开，马上就可以到塔顶，我的手抖起来，呼哧呼哧直喘气……但剩下的三张牌仍没能揭开。我扑塌在沙发上，感觉脖脸发烫，视力有些模糊，小路推门进来，问下午去不去文殊沟，文殊沟里有个关堡的，很重要的一个关堡。我看着他，没有言语。他说，你又发呆了？我说，你瞧瞧，那边墙上怎么长出棵树来？那不是树，小路说，是墙裂开的缝。我再看墙的时候，那果然不是树，是一条大的裂缝。我吁了一口气，一下子将扑克从桌面上掬了一捧，扔到了窗外。

小路回他的房间休息了，说好两点钟来敲我的门。他临走时警告着让我睡觉，说你睡眠不足，眼泡肿得很难看了。他一走，我又走到了窗外，一张一张捡起了那堆扑克——人在六神无主的时候信赖神灵——我毕竟还离不开扑克。一只麻雀在窗外的杨树下看我，我心里说：你敢笑话我一声，我就捡石子砸你！那麻雀到底没有叫，沙土上给我写了一溜"个"字。

我们的车往戈壁深处急驶，路还算平，一个小时后进入文殊沟。沟里驻扎着某装甲团，因为有部队在，小小的河岸这一片那一片是藏人、裕固人和维吾尔人开设的毡房，毡房门口支着货摊，守摊的姑娘衣着鲜亮，摊位上的熟肉酱着颜色。越往沟里走，路越不平，到处是坦克和装甲车的履带压轧出的硬土痕，而且游串的鸡步伐悠然，根本不让道，车就走得特别慢，货摊前的姑娘就招手，挤眉眼。小路说：她在叫我哩！也招手回应，一只狗就叼着骨头从车前跑过，车轮撞着了狗腿，狗叫声如雷。沟几乎走到头了，却往左拐钻一个山道，山道极窄，崖壁几乎就在车外，伸手可以撑住。远看这崖壁玄武色，十分威武，近来却只是沙砾的黏合，这让我有些失望，而水流冲出的渠道上是一蓬一蓬沙棘，沙棘的根已经相当苍老，又让我想到了四五十岁的侏儒。在山道七拐八拐了十几分钟，天地突然开朗，出现在面前的又是一望无边的戈壁！这是我见到最为丰富的戈壁，五颜六色的沙棘、骆驼草和无名的野花，塞满了从南边文殊山峰流下的河道两旁，而河道没有水，沙白花花如铺了银。一辆摩托车就从远处顺了河道而来，先是一个黑点，黑点后拖着一条白色的尘烟，终于与我们擦身而过了，骑摩托的是一位黑红脸膛的年轻人，后车座坐着一个穿短裙的女子，吊着两条腿，丰腴得像白萝卜。摩托在河道上跳跃着，女子的裙子就一掀一掀，暴露了并没有穿裤头的屁股，小路脸上的表情就滑稽了，大家没有理他，因为车上有黄参谋。

戈壁上有无数的沙墩，我们以为是残留的烽燧，黄参谋却说那叫大墩，是坦克演习时的靶点。说这话时东北角尘烟冲天而起，正有着一排坦克在演习行军。为了不影响演习，将车一直开到文殊山根，山根下就出现了一座残破不堪的古堡。堡墙上没有门，但有曾经安过门的洞。从墙洞钻进去，有一大片歪歪斜斜的土屋，似乎还有巷道，草丛里是干了的羊屎和驴粪，一些破碎的酒瓶和一只干瘪翘起的破皮鞋。却没有一个人。小路说：那一男一女就是从这里下去的，他们住在哪儿？我说：你还没忘掉那个光屁股呀？！黄参谋才告诉我们，这古堡原来是一个关隘，清代曾驻扎过四十多名守兵，后来一直居住着裕固族人，十多年前裕固族人搬到戈壁滩外的沟里了，仍有大量的羊群在文殊山深处，但放牧的都是雇来的汉人，他们每十天半月进山去看看，那一男一女就是去监工的。大家都哦了一声，无言以对。小路趴在堡门洞外的小泉里吱儿吱儿猛喝水，老郑提醒这里水性凉，喝多了坏肚子的，小路拍着肚皮仰躺在地上，说：我在这里当裕固族人呀！老郑说：那可不行，就是给裕固族人当女婿，人家也是有条件的，眼睛小的不要！

　　已经是太阳如金盆一样悬在了西边的地平线上，戈壁上的草全部沐浴在金黄色的光辉里，我们驱车回返。我打问着那些草都是什么名称，黄参谋说过了五种，自己也再弄不明白，我和宗林就下车去为每一种草拍照，并采下标本。草的叶子各式各样，但没有一种是丰厚的形状，而且枝干坚硬，正感叹人的性格就是命运，而环境又决定了草木的模样，庆仁就在车上锐叫：鹿！鹿！我先以为他是在叫小路的，抬头看时，我身左二十米的地方竟站着一对小兽。但这不是鹿，是黄羊，黄色皮毛，光洁油亮，小脑袋高昂着，一对眼睛如孩子一样警觉地看着我。这突然的奇遇使我如在梦境，竟发了一个口哨向它们召唤，它们掉头就跑，跑过了一座小沙丘，却又站住，仍是回过头来看，那并排的前蹄正踩在一蓬开了小繁白花的草上，像是踩了一朵云。我们在车上的时候，甚或下了车为草拍照了那么长时间，谁也没有见到黄羊，而幕地就出现在面前，犹如从天而降，这令我和宗林都怔住了，以至于手脚无措，当意识到该拍张照片了，相机却怎么也从皮套里取不出来，越急越坏事，相机又掉到地上，终于将镜头对准了它们，又激动得噢噢叫，黄羊这次跑去再不回首，极快地消失在远方，和那咕咕涌涌的骆驼草一个颜色了。

见到黄羊，我称之为惊艳，它对于我犹如初次见到了她。黄参谋浩叹他服役十数年了，没有见过黄羊，甚至也未听说过谁看见过，在这连一个苍蝇都碰不上的装甲车坦克演习地，竟出现了黄羊，这说给谁谁都不会信的。他说：或许你是神奇人，你来了瑞兽才出来。我兴奋异常，这倒不是因为他恭维我，而是我想起了她，今日如此吉祥，是上苍在暗示我在西路上能碰着她了！

回到驻地，我没有先去洗澡，关了门就拿扑克算卦，要证实我的预感。扑克打通得非常快！我挥拳在空中打了一下，就去了小路的房子，一下子将他掀翻在床上，我说：咱们吃消夜去！庆仁看着我，说：真是稀罕——是她来了消息了吗？我那时表现得极有控制，知道高兴过早往往事与愿违，沉住气是非常重要的，另外，同在天涯路上，我如果太张扬，他们会嫉妒我的。我说：

别的你不管，你要去就去，想吃什么就点什么！我们在酒泉街上吃泡炒。饭馆很小，每张桌子都坐满了人，我主动地去占座位，站在一对快吃完的男女身后。这一对男女面对面地坐着，而女的脚却从桌子下伸过来放在男的膝盖上，男的将一块带骨头的肉咬了一口，递给了女的，女的手没有接，脑袋凑近去，嘴噘得老长地咬了一口。然后在一个盘里吃粉条，粉条太长，吃着吃着两人同吃了一根，一头在男的口里，一头在女的口里。我把头仰起来看前边的玻璃门里的厨房，六个厨师手里拿着面团，一齐扯着面片往一口滚沸的大锅里丢。骚情，我想，就那个满是雀斑的脸也值得在公众场合这么肆无忌惮吗？如果她在这里出现，这女子，这条街，这座城怕都没颜色了！

我终于觉得我的了不起了，竟从下午到半夜，没有给她去电话——男人嘛，应该有男人的尊严啊！我们吃完了消夜回坐到了宾馆的院子里。院子里有一个花坛，开放着蒿子梅（又是蒿子梅！）这个夜晚是中秋节的夜晚，月亮是非常明，但并不圆，我将手机从口袋取出了三次，看机子开着没有，我是怕我不经意间把手机关掉。细心的庆仁小声说：她没有来电话？什么电话，我反问着他，显得平静，心里却说：我现在踏实得很哩，馍馍不吃，馍馍在笼子里存着的。果然电话就在这时响了，我一看显示的号码，给庆仁挤了个眼，幸福地跑到一边，喂，一个熟悉的中听的声音就从天外传过来了。

我知道你会来电话的！你是说今天好日子吗？是中秋节！可这儿的月亮不圆。这里也不圆，报纸上讲了，今年的中秋节月不圆明日月圆哩。这月亮是汉时的月亮。明月当空照，千里共婵娟。这我听不懂了？是吗？听不懂？听不懂就听不懂吧，你现在在哪儿？在敦煌，才洗澡，撩窗帘一看，树梢上一个月亮。那月亮是我。流氓。你等着吧，明日我们去敦煌，你告诉我在哪个宾馆？你寻不着的。那你瞧着吧。

　　就在这个夜里，我们召开了紧急会议，我提出下一站往敦煌。大家都觉得吃惊，我又说往敦煌。按原定计划，我们直接去乌鲁木齐，然后从乌鲁木齐再到吐鲁番、哈密和敦煌，如果改变行程，就得通知乌鲁木齐的接待人员，又要联系敦煌的接待，而现在已是晚上，那又怎么联系呢？大家对我极有意见，但我固执己见，最后是乞求大家，说不必联系了，去敦煌的吃住由我负责，没人接待就住街头小店，费用我掏。一番讨价还价，最后达成了协议：可以去敦煌，但上午必须去参观酒泉的魏晋画像砖博物馆。

　　魏晋画像砖博物馆其实是一个大的墓穴，展出的是酒泉地区挖掘的一大批有画像的墓砖。说老实话，我是没心情来看的，准备着到博物馆门口了我就坐在茶摊上喝茶，等着他们就是了。可老郑拉我进去转了一圈，我竟在那里逗留了足足两个小时。一进入墓道，画砖就整齐排列着，而且一个砖一个内容，仿佛进入了一座色彩纷呈的艺术宫殿，令我们惊愕，眩惑，叹为观止。庆仁又激动得说不出话来了，嘴唇颤动着，脑门沁出一层细汗。小路说：大画家，你要哭就哭出声来，别憋着个什么病儿吓我们，我们要走的路还远哩！庆仁默不作声看了一遍，又看了一遍，他终于招手让小路到他跟前来，他一板一眼像讲课一样地说，我告诉你小子吧，中国传统人物画，描绘的多是帝王将相，才子佳人，或佛道鬼神，这些砖画全以魏晋社会的现实为题材的，使当时的犁地、秋收、打场、采桑、养殖以及生产工具、劳动组合，人们的服装、发型、房舍、井饮表现得一览无余。魏晋时代，佛教是盛行的，却也正值中国的北方军阀混战，人民流离失所，纷纷背井离乡逃往河西走廊来避难，正是饱受了战争之苦的民众，给佛教的曼延滋生了温床，而墓葬、死人、灵魂等方面很容易和宗教迷信关联在一起。可这里的砖画，几乎找不到一块带有宗教色彩和迷信观念的影子，你明白是什么原因吗？小路说，不明白。小路真的是不明白，再请教庆仁，庆仁却不愿再说，他又问我，我才不去探求那些形而上的问题，我兴趣的是这批画粗笔大墨，随意挥洒，尤其是无数的马的形象。在西安，我临摹的是昭陵六骏石刻，是唐三彩马；在武威，我临摹的是木刻和陶烧的凉州大马，以及单足踩燕的铜飞马；而现在面对的则是马阵，十数匹数十匹的，各是各的形态，各是各的神情，剽悍，驯良，勇猛，忠实，漂亮，表现得淋漓尽致！我站在那幅《出行图》前，看并排的五匹马，笔走龙蛇，一气呵成，而马头画成四个，马尾画成五个，感叹着其手法的奇妙，立即就想到她了。可怜的小路没有答复，哀叹自己没有上过大学，又不会绘画，说：求知识难呀！却又站在一旁批评我现场临摹得不好，把马的屁股画成了人臀，把鬃画成了人发。我说是的，我画的是我心中的马，却想，马是有她的影子，她或许就是汉时的马，一路奔跑到了现在。

这个上午，是我和庆仁最有收获的上午，而宗林却倒霉了，因为在墓道里，管理人员不让他摄影，他只好扛着机子在博物馆门外为那些维吾尔人拍照，当他边拍边退时竟从一个土坎上跌了下去，将胳膊和腿碰出血来。我们闻讯从墓道出来为他包扎，他说：那个姑娘太漂亮啦！

午饭后，我们并没有休息，在烘烘的热气里往敦煌去，车上的那只苍蝇又出现了，趴在车棚顶上一动不动。小路又开始作践起了宗林的伤有所值，拉开了精神会餐的序幕，我独自将脸贴在窗上，感受着玻璃的婴儿屁股一般的光滑和细柔。路依然是箭射出一般的直，远处的山、天上的云急速地向身后退去。经过一处山，车靠得那么近，看得清是一层一层石质的，山坡上附着年复一年的苔衣吧，死亡的业已死亡，新生的却是久未有雨又干瘪了，呈现着灰色、绿色、黑色，三色掺和，如在木器上烙画，又如做旧的文物。再往前走，山又似乎被一下子推开，推开的山越推越远，越远越多，像是凝固了的一面海之波。波的左边那一角，算是微波吧，山还是山的模样，小得如坟丘连着一个坟丘，又有点像城市远郊倾倒的垃圾。我渐渐地睡着了——人睡如小死——迷迷糊糊里被车上的笑声惊醒，涎水竟流湿了前胸，忙揩了，便听见庆仁在说一个笑话：有两头牛，一头公牛，一头母牛，犁完地后并没有立即回村，直到天黑下来，公牛先独自回去了，不大一会儿，公牛就又跑了出来，母牛问怎么又来了，公牛说村里来了县上干部了，干部提出要吃牛鞭哩！母牛说，哦，那与我没事，你待着吧，我回去呀。可不一会儿母牛也跑了出来，公牛说，你怎么也跑出来啦？母牛说，干部说啦，吃完牛鞭，晚上还要吹牛×哩！庆仁是不大会说这一类笑话的，但他说了，乐得大伙都扑上去拿拳头砸他。……不知不觉里，夜幕降临了，天空成了灰色，无数的云像剪纸一样贴在上面，开始变换颜色，由白到淡蓝，由蓝到浅黑，与铸铁一般的山交接，交接处呈一种橘黄。山下的河则愈来愈宽，涸干无水的河滩在发着寡白的光。车灯哗地打亮了像喷出的水银，路面就再也不平坦，一个塄一个塄的，感觉里车是在上一面台阶。把脸扭过来往左手的方向看去，先是一片黑，浑起来，迅速漫开，色气由重到轻，又由轻到重，山顶上的黄色也就暗淡了，天地之间只有电线杆的一根一根黑的线段。

敦煌终于到了，车在大街上兜了几个圈子寻找着住宿的地方，等一切安顿下来，已经是下夜三点了。我借口去厕所，给她拨了电话，她的手机是关着的，快快地从厕所出来，老郑在和小路他们商量着明日的活动，小路就给他在敦煌的朋友挂电话。这些朋友竟以最快的速度赶了来，大声叫喊着去街上吃消夜。"老街上有夜市，彻夜不关门的，你去瞧瞧那卖烤肉的西施，真的是维吾尔族的西施！"我却不愿去，屁股疼，痔疮并没有好，加上一路颠簸，感觉老要有大便，我说我得用热水洗洗，要么明天就趴下不能动了。

他们一走，我掏出硬币在床上掷，默想掷三次，若两次是有图案的一面，我就再为她打一次电话，若两次是字的一面，电话就不打了。硬币掷下去，两次是图案，我再一次拨她的电话，而她的手机仍在关着。这鬼地方，预测不灵的。站在窗前却又想，这种预测是汉人的把戏，不一定适应别的民族的，在这里应该看天上的星座吧。可我是狗看星星一片光明，连北斗星都没寻着。

楼下街道却清楚着，左边的一条巷子，巷口有一根电杆，电杆上并没有电线，或许要拆除而还未拆除吧，有人东倒西歪地走出来，在电杆上看贴着的广告纸片儿。这是个喝醉了酒的人，抬起脚狠劲地踢电线杆，踢不动，又过去将脚往巷墙上踢，一下，又一下，努力地要把肮脏的脚印踩到墙的高处。然后又过来踢一个白天里摆货摊的帆布棚柱，棚上的帆布卧着一只猫，赶忙跳下跑了。右手的那座楼前，有两辆自行车相对骑过去，空空落落的大街上，竟撞上了，同时倒地，同时站起来开始叫骂，声音并不清晰，但口音是汉人。站在大楼旁的一个人，原本在行走，在两辆车子相撞后就站住一直看着，两个人吵得没完没了也觉得无聊了，就向那人诉说而求主持个公道，结果这一个说我是怎么怎么样，他又怎么怎么样，那一个也说我是怎么怎么样，他又怎么怎么样，说毕了，那人倒生了气："我一直在这里看着的，这是打的事情么，你们吵什么?!"我笑了一下，关上了窗，回坐在床上，一只猫不知在什么地方如怨如诉地哭着。

　　莫高窟永远是行走在沙漠中的人的一个梦吧。据说当年一个和尚经过这里，又饥又渴实在是再也走不动了，他已经做好了死的准备，俯身趴下去，将脸面贴在地上，以免死后被太阳晒裂了脸而死相难看，但他突然听见了仙乐，抬头看去，对面的沙崖上霞光灿烂，于是他来了精神，又往前走，走到了一个镇上。他活下来了，感念是佛救了他的命，便来沙崖上凿窟念佛。从那以后，来这里修行的人越来越多，佛窟也越凿越多，成了一块圣地，凡是来西部的人没有不来朝拜的。现在，我来到敦煌，原本是为了一种解脱而来的，万般的烦恼未能一推了之，生命中的尘埃却愈积愈厚了。昨天的夜晚，又是未眠，早起又不能明说去找她，只有随着同伴到莫高窟看壁画。数年前，为了考察中国的舞蹈，我是特意来过一趟的，记住了开凿在砾岩上的那一片石窟里的三千多彩塑和五万平方米的壁画，甚至知道二百七十五窟里的高脚弥勒菩萨，四十五窟的西龛佛坛彩塑一铺，一百九十四窟的立式菩萨，二百五十九窟的微笑的菩萨，四十五窟的胁侍菩萨，三百二十八窟的游戏座菩萨，二百零五窟的断臂菩萨，一百五十八窟的涅槃像，二十五窟的乐舞图，二百二十窟的胡旋舞伎，三百二十窟的华盖四飞天，四十四窟的持琵琶飞天。去莫高窟的路上，我对庆仁说：我想起一首诗了。庆仁问什么诗，我说诗是我的一个文学朋友在青春期时写的："我需要有一杆枪，挨家挨户搜查，寻找出我的老婆！"庆仁说：她到敦煌啦？我说是的，她在敦煌，但我不知在敦煌的什么地方。庆仁说：你这老同志让我感动。我一下子脸红起来。我这么疯狂地寻她，实在与我的年纪不符了。我说：我是有些荒唐。庆仁却说爱是没有年纪限制的，我们也羡慕在西路上有爱的折磨，但来西路却并不是为了这种折磨来的，现在什么都先不去想，好好看莫高窟壁画吧。于是，我打消了坐在茶水亭里等候他们去参观的念头，特意去三百二十三窟观看《张骞出使西域图》，然后就久久立在藏经洞，凝视那个相貌丑陋、行为猥琐的道士王圆箓像。光绪二十六年农历五月二十五日，当王圆箓在十六窟清理甬道积沙时忽然发现"壁裂一孔，仿佛有光。破壁，则有小洞，豁然开朗。内藏唐经万卷，古物多名"，这就是惊世骇俗的藏经洞的发现过程。藏经洞的宝物藏了多少年，等待的就是五月二十五日，那么，世上的万事万物也就是这样吗？她与我认识的那天，算得上是藏着三百三十多年，而现在她又藏起来了吗?!

　　庆仁将她人在敦煌的消息告诉了小路、宗林他们，我们从莫高窟回来便四处寻找，似乎哪里都有着她的气息，但就是没有她的人。宗林开始怀疑消息的真伪，认定了是她在诓我，就嘲笑有恋情的人都是聋子、瞎子，脑子里有二两猪的脑子，推搡着我去放松放松吧，或者去洗个澡，或者去让人按摩。小路的朋友则提议去歌舞厅：现在什么年代了，还有害相思而受这么大的累，小姐有的是，既便宜又放得开，男女之间不就是那么回事吗？我不搭理他们，但我并没有说他们什么，我只说要去你们去吧，让我在这儿坐坐。

　　我坐在街边的一个花台边上，目光呆滞地观望着来来往往的人。这条街似乎是条老街，门面破旧，摆满了小商品，顾客并不甚多，一棵弯脖子树下，四个男人先是坐在那里喝酒，啤酒瓶子在小桌下已经堆了一堆，接着就开始玩扑克。可能玩的是"红桃4"吧，每玩一次，就结算输赢，钱币都放在桌面上，围观的人越来越多。我坐在花台上，能看见北边那位差不多都是在赢，把百元的票子高高拿起对着空中耀，一边说：这是不是假钞？一边眉眼飞动，对着围观的人说：俗话说钱难挣屎难吃，这屎真的难吃，钱却好挣么。围观的人中有三人站了好久了，突然间同时从腰里取出手铐，就当地丢在扑克上，温和地说：玩得好，真的玩得好，自个把自己铐上，去所里一趟吧。玩牌的人都傻了眼，说：我们只是玩玩。那个稍胖的说：是玩玩，并没有别的事呀，就是去罚罚款呀。玩得好，比我们派出所的人玩得好多哩。四个玩扑克的人跟着三个派出所的人走了。我也起身要走，小路嬉皮笑脸地从街的一头向我跑来。

小路是要我去见一位小姐的。小姐是在一家歌舞厅，夜里睡得晚，他们去的时候，她还在包厢里睡觉——小姐是夜生动物，白天里要一直睡到下午三点钟——·见面，首先声明她是坐平台的，不出高台，小路说当然只让你坐平台，我有个老板（我第一次被冒充了老板），人好得很，钱也多得很，但就是怕性病和艾滋病，出门住宾馆都是自己带了床单，时时都戴了安全套哩。我就这样被小路拉扯进了歌舞厅。小姐是个极高个子的女子，腿长是长，瘦得却像两根细棍，我一落座，小路却拉闭了门出去了，这令我十分生气，感觉是把一对野物关在了笼子里。说实在话，如果在我心情好的时候，或者这女孩是我所心仪的，我也会有了兴趣与她攀谈，但这小姐的脸我不敢看，一股浓重的只有洋人身上才有的香水味向我冲来，就认定她是有狐臭的。半个小时里，我不知我说了些什么，小姐似乎说了一句：你在给我做政治报告吗？我们就全然没话了。

回到宾馆，天差不多黑了，而月亮却饱满地升在空中，我开始检点着我对她是不是太那个了，剃头担子一头热而让我羞愧，手机就响起来。懒得去接。手机响过一遍，又响起来。还是不接。仰躺在床上了，手机还在响，才一打开，听见的却是她的声音。

你为什么不接电话？谁呀，你说是谁？！看见月亮了吗，今晚的月亮还是圆的。低头思故乡。你怎么啦，现在在哪儿？你在哪儿？我在阿克塞。阿克塞？我跑来敦煌了你却去阿克塞。

我走的是油线啊！

她说起话来，依旧是那么快活和紧促，她并没有自我解释为什么没有在敦煌等我，也没有说什么让我怦然心跳的话。她怕没有这条神经，我这么猜测，有些生气，但我奇怪的是她却依然会给我电话，是要欲擒故纵呢，还是真的在实施只做好朋友的诺言？她给我讲她怎样去了塔里木，在沙漠公路上已经瞌睡了车还在开，一次竟将车开出路面，歪在沙堆里，亏得来了辆车帮她把车拖了出来。她说她在等待救援时曾经失望了，因为车上只带了三瓶矿泉水，没有馕，也没有饼干。但是到了塔中油田，那里却有了一片花草，花开得十分灿烂，那是工人省下矿泉水浇灌起来的。她那晚上睡在像列车一样的工房里，门窗关得严严的，第二天起来，还是满脸的沙，连被窝里都是沙。她说，她登上了六七层楼房高的钻塔上，她是和钻探工拥抱了的，她的浑身都沾着油污，脸已经大片大片脱皮，红得像猴的屁股，看不得了。在返回时路过了塔里木河畔的胡杨林，她脱光了衣服自拍了十多张照片，是躺在沙浪上拍的，觉得那些沙浪起伏柔和如同女人的胴体，她也是爬在倒下千年不死的胡杨林上拍照，感觉里她是一条蛇。她说，去了塔里木油田，才知道中国正实施西部石油、天然气向东部输送的工程是多么了不起，现在输送管道正向东铺设，将一直铺设到东边沿海地区，或许将来，西头可以接通西亚和中东地区，东头再将输往日本、朝鲜半岛和东南亚。你考察丝路，丝路的现在和将来将会是油路，可是你并不了解这些，你是缺乏时代精神，缺乏战略眼光。或许你不久会写一本书的，但我估计你只会写丝路的历史和丝路上的自然风光，可那样写，有什么意思呢？

她的批评令我吃惊，你不能不佩服她头脑的锐敏和宏观的把握，我为我的行为羞愧，一时间对她的怨恨转化成了另一种倾慕。我的回应开朗而热情起来，她却在电话里咯咯大笑，说我是可以救药的，应该算个异性知己。

"我之所以从塔里木一出来就决定了走油路，经过了吐哈油田，经过了敦煌油田，又到青海来，我也要写一份油路考察。当然，我是画速写考察的。"

"那你也该等等我，咱们一块儿走油路呀！"

"在一块儿就不那么自在了！"她说，"你想，能自自在在去考察吗？"

她说的是对的，如果我真与她一块儿行走，那就极可能不是考察而是浪漫的旅游了。既然事到如此，我猛地也感到了一种说不清的轻松，我说，好吧，那咱们就互相传播着考察的见闻吧，如果可能，我们每天通一次电话，我说说军线上的情况，你说说油路上的情况，这样，我们等于考察了整个西部。

她的回答是出奇的肯定，但声明了，我得负责她的电话费。

于是，在以后的日子里，她是沿着油线经过了阿克塞县，到冷湖，到花土沟，到格尔木，又从格尔木到德令哈，香日德，茶卡，青海湖，到西宁。我则继续往西，从敦煌到哈密，到吐鲁番到乌鲁木齐到天山。她告诉我，阿克塞县原是建在当金山脚下的，居住着哈萨克族，有一个天然的牧场，后来才搬迁到了大戈壁滩来。而她在翻越当金山时，空气稀薄，头疼得厉害，汽车也害病似的速度极慢。那石头冻得烫手，以前只知道火烧的东西烫手，原来太冷的东西也烫手，她是在山顶停车的时候，抓一块石头去垫车轮，左手的一块皮肉就粘在石头上。路是沿着一条河往山上去，弯来拐去，河水常常就漫了路面，而就在河的下面埋着一条天然气管道，你简直无法想象，在铺设这些管道时怎么就从河下一直铺过了山顶！翻过了山顶就是青海省了，那里有更大的牧场，她是第一次见到这么大的牧场，而牧场不时有筑成的土墙围着，那位从阿克塞搭了她顺车去花土沟的姑娘告诉说那是为了保护牧场：这一片草吃光了，再到另一片牧场去，等那一片又吃光了，这一片的草却就长上来——就这么轮换着。姑娘还自豪地说，这里的羊肉特别好吃，因为羊吃的是冬虫夏草，喝的是矿泉水，拉下的羊粪也该是六味地黄丸。这姑娘尽吹牛，但羊肉确实鲜美，她是在山下一个牧民家里吃了手抓羊肉，她吃了半个羊腿。

我说我到了哈密，参观了哈密回王陵，参观了魔鬼城，这些都是你去过了的地方，但你绝对没有去过左宗棠驻扎的孔雀园。一八八〇年左宗棠率领六万兵马，抬着自己的棺材来的，就是那一次平息了叛乱，收复了这一带疆土的。你也是没有去看那块唐碑的，去了就会知道纪晓岚也是到过哈密。而哈密人提到纪晓岚，都在传说他的亲家将要遭到抄家——他当然得报信，但又不能太公开——便在一个小孩手心写了一个少字（少字与小孩手合而为一则是抄字），结果亲家逃脱，他也因此被乾隆帝以泄密罪贬到西域。这些历史上的故事可知可不知也便罢了，你遗憾的，也是肯定没有去过白石头村，这个村是以一块奇异的白石得名，细雨蒙蒙中，这石头像卧着的骆驼，晶莹剔透，宛若白玉。那天，我们在白石头村的一家哈萨克人帐篷里做客，这人家十分殷富，有着从和田买来的丝毡，有着缀嵌了金属箔片的箱子，我们刚一靠在那绣花的靠垫上，主人就端来了炕桌，铺上了桌布，摆上水果、干果和馕，还有冰冻的茶，略有咸味。女主人是个大胖子，她的长袍子下似乎一直藏着两只大绵羊，但她却说了一个故事让我唏嘘不已。她说在很久以前，住在这里的哈萨克部落里一位公主与一位小伙热恋了，上苍对此妒火中烧，派出遮天盖地的蝗虫，顿时树枯了，草黄了，人们惶恐万分。那位小伙抱住一棵古松痛苦地摇晃，没想这棵树忽然变成了绿地。小伙子很是惊喜，又去摇另一棵树，又是一片绿地，小伙便一棵接一棵地摇下去，把自己累死了。公主恸哭不已，泪水滋润了脚下的土地，草儿渐渐复苏，公主流干了泪，流出了血，溘然与世长辞。部落的人将他俩合葬一起，不久，一次闪电雷鸣后，墓地上便生出了这块白石。"那小伙多么会死。"我说，"我不如那小伙。"

她说，她到了冷湖。冷湖在六十年代是闻名全国的油田，也曾是青海石油局前线指挥部，但现在已经废弃了，嘎斯库勒湖畔重新发现了油田，前线指挥部也搬到了花土沟。她去的时候，戈壁滩上空落着如山区小县城一样的一片房子，到处是砖头，水泥块，被掀开的屋顶，挖去了窗子的墙壁和发锈的铁皮筒，硬化了的破皮鞋。现在五分之一的房子里还住着人，是油田留守处，因为花土沟油田的工人四个月轮换一次回敦煌的生活基地，过去路不好，得一天赶到冷湖住上一夜，再用一天从冷湖到敦煌，如今路好了，一天可以到达，中午饭却必须在这里吃，否则一整天再也没有吃喝的地方了。她说，她去的时候，正好有一个小车也停在接待站门口，原来有位已经调到了北京的油田老领导来故地重游。这位领导穿得臃臃肿肿，脖子上套着橡皮软圈，他就是当年在这条坑坑洼洼的路上被颠坏了脖子，一累就头脖发肿，也正是患下这病才被调回北京。石油上退休的工人差不多都是返回内地安了家，前十几年，回内地的工人常常发生了这样的事，退休时身体还好好的，一回内地不出三年人就死了。后来考察了，原是十八九、二十岁来到新疆、青海，适应了稀薄的空气，一回到内地氧气增多，肺却又不适应了，所以导致死亡。于是，退休的工人回内地住上一年就又都返到油田，住三个月四个月倘或一年，然后到内地再待一年，再来油田，如此反反复复。对高原油田的感情，是身体的感情，生命的感情。老书记当然也需要来调整适应自己的肺，但他更想着回来再看看，她就同老书记在废弃了的城里转，她给他在曾住过的土屋子里留影，那墙上还留着他的小孩用铅笔写的 1 + 1 = 2，有他的老婆和泥用手抹成的土烟囱，而泥抹得不光，上边清晰着手指印。她让他坐在那土门洞照相时，她看见他眼泪流了下来。城区的东北角是一片乱砖地，有一簇杨树已经干枯了，而旁边正好是通往接待站的水管，水管漏水，从一条小沟流下去，老书记弯下腰把漏出的水引着往树下走，他说这是当年唯一的一簇树，是在医院门口的，全靠生活用水浇灌大的，现在树却死了。她就和他一块儿动手引水。她说，从冷湖出发后，她仍是和那个姑娘驱车往花土沟走，这里海拔二千七百米，人说喝空气屙屁，这里连空气也喝不够，人是这样，车也是这样。在茫崖，那里有一个大湖——青海高原上时不时有湖，但都是盐湖，只有这个湖是甜的——六十年代油田工人骑着骆驼来到这里，就在湖边的戈壁滩上搭了凉棚住下了四万人，若站在东边的山崖上，白花花的一片帐篷，人称帐篷城的。

她说她站在山崖上往下看，当然那里什么也没有了，但她眼前还是一片白，一辆从敦煌来的车也停在那里，司机或许要小便了，或许看见了她们是女的觉得稀罕，反正就过来搭讪。他是油田上的，他告诉说看见那山下的一排废窑洞吗，窑洞是看见了，有的已塌，有的沙涌了洞口，他说那是当年的油田医院，他的爹就是患了肝硬化死在窑洞里，爹在油田上干了三十年，三十年里来来往往只在三百里方圆跑动，现在爹还埋在那山梁上，每年清明前后，他开车路过这里给爹烧纸。

我说，我到了吐鲁番，这个世界上海拔最低的地方，你肯定是领略了它的热度，但你并不一定知道在古时，这里的县官是在大堂上放一口大缸，人坐在水缸里办公的。艾丁湖你也是去过了，我痛苦的是过去那么一面大湖，现在差不多要干涸了，当我驱车去时，看到的是灰蒙蒙一片，那些偶尔出现的盐碱滩，在强烈的阳光照射下，发着炫目的白光。世界上最低的海拔和世界上最高的气温，使我想起了在一本文献上对这里的记载，"飞鸟群落河滨，或起飞，即为日气所灼，坠而伤翼"，而同时幻想：如果从吐鲁番向我国东海之滨开一条水平渠道，东海之水就会哗地一下子流过来，将亚洲中心的内陆底盆注满的。我说，我登临了交河故城，那深深嵌入地下的大道，封闭的高墙，迷宫似的庭院，庭院内的窖藏、水井，便觉得当年来过这里的张骞就一直站在我的身边。我说，我给你背诵一首交河诗吧，是唐人写的。白日登山望烽火，黄昏饮马傍交河。行人刁斗风沙暗，公主琵琶幽怨多。野云万里无城郭，雨雪纷纷连大漠。胡雁哀鸣夜夜飞，胡儿眼泪双双落。闻道玉门犹被遮，应将性命逐轻车。年年战骨埋荒外，空见蒲桃入汉家。我说，高昌、交河的废墟故城和众多的地面地下的文物构成了一部可泣的史书，那吐鲁番地貌又无疑是一幅色彩斑斓的巨型画卷。有人写道：新疆是世界上最大的一座博物馆，那里有无数的馆藏，陈列的物什件件都是艺术品，但却不是为了收藏。那么，我就说说我在火焰山的奇遇吧。去火焰山的那天下午，太阳照射过来，远处的山是蓝的，山下起伏不定的丘壑却是黑的，而丘壑过来则一片白，那不是戈壁，是水流湍急冲刷出的石质的河床，但没有水，流动的是黄的细沙，起着下了雨一样的雾气。而火焰山，全部吸纳了夕阳，我坐在一大片曾经积了水而又干涸的地面上，地表裂开大大小小的却也似乎整齐有序的泥片，你想象那是一个偌大的瓦房顶，是放大了的裂纹瓷，于是，沿北边延绵不绝的山红得像炉中的铁，且从山头竖着下来的沟痕一道一道，密密麻麻，你感觉整个山都在燃烧了。山的背后，就是千佛洞，相传唐僧取经就经过这里，遇见了牛魔王和铁扇公主。我们都是丑人，人员组合和相貌简直可以说与唐僧他们甚为相似。小路长得如猴，又性情活泼，自然是孙悟空，庆仁厚重木讷，算是沙和尚了——而他长个大脑袋，又剃得精光，极像个和尚。我和宗林，他若不是猪八戒，便是我为猪八戒了，不，他应该是猪八戒，他能吃能喝，又爱表功。宗林是乐意称他是猪八戒的，因为高老庄就在张掖，而整个西路上，猪八戒的形象出现在许多地方的壁画上，勤劳又俊美。就在我们争争吵吵转过一个山头，山路上迎面过来了一个怪兽，头是大的盘羊，那羊角粗极了，起码四只手也合不拢。羊头就这么走着。走着的是下面的两条腿。我们都吓了一跳！仔细看了，原来是一个人将盘羊头顶在了头上，又竟然是个女人。这女人从哪里来，到哪里去，我们不知道，方圆又没有村庄和人家，我们被神秘和恐怖镇住，连小路也不敢前去打问。宗林到底有猪八戒的秉性，近去说：这么漂亮的人让羊头坐在头上？女人嫣然一笑：那你给我拿着吧！宗林果然就接过了羊头，过来对司机说，让那女人搭咱们的车吧。老郑坚决不同意。宗林赌了气就抱着羊头陪着女人走。我们赶忙把宗林拉开，就那么默默地看着那女人走了。我至今仍搞不清那是真人还是别的什么尤物。

　　她说，她到过了嘎斯库勒湖，参观了那里的炼油厂和输油管站，到达花土沟已经是傍晚了。天特别地蓝，西边山上一片黑云，裂开一缝，一束束光注下如瀑布。花土沟又是一个小型城市，规模比冷湖要大，搭车的那个姑娘下了车，而她就开车往花土沟里去看世界上最高海拔的油井（是三千七百八十米）。这土沟是五种颜色，而沟是层层叠叠的土垡，如一朵大的牡丹。垡与垡之间的甬道七拐八拐往沟上去，车又如蜂一般在土的花瓣里穿行。到处是磕头机。有一辆大卡车拉着大罐，不能上，似乎倒退着要下滑，工人们就卸下一些罐，大声地吆喝。到了山顶，看万山纵横，一派苍茫。此沟是一九六八年开发的，往山上架线，修路，把井架一件一件往上运，背，拉，拖，山上缺氧，人干一会儿就头疼气闷，让羊驮砖，在羊身上缚六七块砖，一群羊就往山上赶，黑豆一样的羊粪撒得到处都是。最高处风是那么大，头发全立起来，不是一根一丝立，是黏糊糊一片地竖立。在那个破烂的帆布篷里，我遇见了两个工人，而在同他们说话的时候，帐篷外站着五六个工人一直往这边看。招手让他们进来，他们却走了。那个长着红二团的女子并不是工人，却是工人家属，她是在山上做饭的，山上的工人二十天一轮换下山，提起现在的条件真是好多了。女子说她是甘肃平凉人，结婚后第一年来油田看望丈夫，帐篷是几个人的大帐篷，没有个地方可以待在一起，结果就在大帐篷外为他们重新搭了小帐篷。但是，一整夜听见外边有人偷听，丈夫竟无论如何做不了爱——爱是要在好环境里做的——越急越不行。天一亮，丈夫就又上山去了，爬在几十米高的井架上操作，贴身穿了棉衣，外边套了皮衣，还是冷得不行，她是将灌着热水的塑料管缚在他身上后再穿上皮衣的。下午收工回来，丈夫是油喷了一身，下山中人冻成硬冰棍，下车是人搬下来的，当天夜里就病了。新婚妻子千里迢迢来探亲，为的就是亲亲热热几回，回去了好给人家生个娃娃，但那一回什么也没有干成。她说，她在下山时半路上碰着一个工人，工人长得酷极了，却一身油污，你只看见他一对眼睛放光，她停下车要为他拍照，他先是一愣，立即将油手套一扔，紧紧握了我的手。她说，你别生气，在那一刻里，如果那人要拥抱我，强暴我，我也是一概不反对的。她说，那天晚上，她累极了，可睡下一个小时后就醒了，心口憋得慌，知道这是高原反应，隔壁房间里一阵阵响动，开门出来看人，原是新来了一个小伙也反应了，人几乎昏迷过去，口里鼻里往外吐沫，是绿沫，我庆幸我只是仅仅睡不着。听说身体越好越是反应强烈，你如果来了，恐怕一点反应也没有了吧。我走出招待所到街上去转，天呀，现在我才知道这么个不足两万人的油城里，夜里灯火通明，通明的是一家一家歌舞厅、桑拿室、按摩房和洗头屋。我去了一家歌舞厅门口，门口有一个摆小摊的妇女在卖纸烟，她竟然把我当成了小姐，问我生意好不好。我说我不是，我这么清纯能是小姐？那妇女说，越不像小姐越是小姐哩！妇女还说，这里大约有五千小姐，看见斜对面那个邮局（那是个小得不起眼的邮局）吗？前天一个小姐给她的家乡姐妹拍电报，电文是：人傻，钱多，速来。我问她这么瞧不起小姐，怎么还在歌舞厅门口摆摊？妇女说，她是敦煌市的下岗工人，丈夫就在油田上，油田四个月一轮换，男人辛辛苦苦干四个月，回去却落个精光，她反正闲得没事，来了一是可以看守自己的男人，肥水不能流入外人田么，二来摆个烟摊，我也能养活自己了。她说，就在她与那妇女说话的时候，歌舞厅门口一个姑娘送一个男人出来，娇声道：张哥你好走哇！男的在那姑娘的屁股上拧了一把，姑娘用拳乱捶：张哥你坏！你坏！她看时，那姑娘竟是她用车捎的那位姑娘！她赶忙低了头不让姑娘看见了她而难堪，其实人家或许并不难堪，这就像在城河沿上散步时猛地经过了一对谈恋爱的男女，不好意思的并不是他们而是我们自己。她说，我那一时里想了，花上沟到敦煌八百公里，是没有班车的，这些小姐是怎么来的呢，都是搭乘了像我这样人——或许在这条路上开车的只有我一个是女性——的车吗?！

我说，从吐鲁番出来，汽车穿过了一片雅丹地貌，又是戈壁，又是盐碱地，在远远的地方，有推土机在那里翻动地面，白花花的土块像堆放着水泥预制板。我下了车去拉屎。我的肚子已经坏了，早上起来一阵屁响，觉得热乎乎的东西出来，忙上厕所，一蹲下就泄清水，而早晨出发到现在，屁股上似乎生了湿疹，奇痒难耐，又总觉得要拉，每每下车，除了噼噼啪啪一阵屁带出些清水来，又什么也拉不出来。没想，庆仁、小路、宗林也都拉了肚子，就一直骂昨天晚上的手抓饭不干净。因为我们都是男性，而那些远处劳作的人也是男性，就肆无忌惮地撅了屁股蹲在那里。但这里依然没有苍蝇。跟随我们的那只西安城的苍蝇它懒得下车。劳作的人见了我们就跑过来——他们是见人太稀罕了——我们立即就熟如了朋友。那一个戴着白帽子的人告诉我们，他们是碱厂的，这里的碱厂是全国最大的，才建厂的时候，生意非常地好，产品大都销售到东北的一些军工厂，福利当然也就好了，可以天天有肉吃，有酒喝。可后来，俄罗斯那边也发现了碱矿，离东北近，价格又便宜，那些厂家就全进了俄罗斯的货，他们的生意就难做了，每月只二百六十元的工资（原本是二百五十元，嫌不好听，厂长狠了狠心，多发了十元钱）。二百六十元仅仅够吃饭，可不继续干下去，他们又能干什么呢？那汉子给我们摊摊手，笑了一下。这时候就有了音乐声，声音是从那里的一台收放机里传出来的，所有的人都趴在了地上。汉子说：我得去祈祷了。匆匆跑了去。宗教使这些人的精神有了依托，他们趴在地上感谢着主呀，赐给了他们的工作和工资。我说，这天的晚上，我们是住在了一个小镇上，小镇的那棵大桑葚树下男男女女的维吾尔人在唱歌跳舞，我以前只以为维吾尔族歌都是欢乐的，没想他们唱的是那样的哀怨苍凉，我们听不懂歌词，但我们被歌声感动，眼睛里竟流出了泪水。也就在这一夜，我是发了火的——我是轻易不发火的，但要火了，却火得可怕——差点抓了茶杯砸向了宗林。因为跳舞的人群中有一位极美丽的姑娘，她的头发金黄（是不是染的我不知道）而两条腿长又笔直，跳起来简直是一头小鹿，宗林和小路就喊喊咻咻说着什么。当舞蹈暂歇的时候，宗林说：你不是爱长腿女人吗，我给你和她照个相吧。我瞪了他一眼，他却还说：我给你叫她过来。姑娘就在邻桌，我知道她已经觉察到我们这边喊喊咻咻是为了什么，但姑娘始终不肯正眼瞧我们，我们已经被她轻看了，若她能听懂汉语，一定是极讨厌了我们。我就发出了恨声，茶杯要砸过去时停住了，一个人生气地离开了那里，先回住处去了。我的房东，一个长得如弥勒佛一样的汉人，却给我讲了许多故事。我说，我讲给你吧，虽然有点黄色。房东说，你知道不知道，疯牛病的原因已经查出来了，原以为问题出在公牛身上，不，是母牛的事。你想想，母牛一日挤三次奶，却一年只给配种一次，那母牛不急疯才怪哩！

　　她说，从花土沟沿铺设的石油输送管道一直走，她来到了格尔木，你无论如何也难以想象出这一路色彩的丰富！先是穿过一带盐碱的不毛之地，你看到的是云的纯白，它在山头上呈现着各种形态，但长时间地一动不动，你就生出对天堂的羡慕。又走，就是柔和的沙丘，沙丘却是山的格局，有清晰的沟渠皱纹，而皱纹里或疏或密长了骆驼草，有米家山水点染法。再走，地面上就不平坦了，出现了密密麻麻的土柱，每一个土柱上都长着一蓬草。这土柱似乎也在长着，愈往前走土柱愈高，有点像塔林了。在内地，死一个人要守一堆土的，这里一株草守一堆土，这当然是风的作用，你却恐怖起来，怀疑那里栖存着从这里经过而倒下的人的灵魂。到了乌图美仁，多好听的名字，天地间一片野芦苇，叶子已经黄了，抽着白的穗，茫茫如五月的麦田，你便明白了古人的诗句"风吹草低见牛羊"一定在这样的草中，但这里没有牛，也没有羊。继续走吧，沙丘又起伏了，竟有十多里地是黑色的沙，而在黑沙滩上时不时就出现一座白沙堆，近去看了，原来这里沙分两种，更细的为白沙，颗粒略大的为黑沙，风吹过来将白的细沙涌成堆，留下的尽是黑的粗沙。沙丘又渐渐没有了，盐碱地上又是野芦苇，野芦苇中开始有了沙柳，沙柳越来越多，形成一大丛一大丛的，橙色，浅红，深红，紫，绿，黄赭色，铺天盖地远去，你从此进入了五彩花田，天下最美的花园中。车开了两个钟头，这花园仍是繁华，并且有了玉白色的沙梁，沙梁蜿蜒如龙，沙柳就缀在梁坡上，像是铺上了一块一块彩色的毛毡。兴致使你走走停停，你发觉有了发红的山，发蓝的山，太阳强烈，有丝丝缕缕的热气往上腾，如燃烧了一般。她说，我现在才明白，这地方的阳光和阳光下的山、地、草是产生油画的，突然感觉我理解那个凡·高了，凡·高不是疯了，凡·高生活的地方一定和眼前的环境一样，他是忠实地画他所见到的景物的。而中国的那些油画家之所以画不好，南方的湿淋淋天气和北方那灰蒙蒙的空气原本是难以把握色彩的，即就是模仿凡·高，也仅是故意地将阳光画得扭曲，他们没有来过这里，哪里能知道扭曲的阳光是怎样产生的呢？她说，她是歇在了一个石油管理站里吃的午饭，六百公里的输管线上有着无数的管理站，而这个管理站仅两个人，一男一女，他们是夫妻。荒原上就那么一间房子，房子里就他们两人，他们已住过了五年。他们的粮食、蔬菜和水是从格尔木送来的，当冬天大雪封冻了路，他们就铲雪化水，但常常十天半月一个菜星也见不到。他们的语言几乎已经退化，我问十句，他们能回答一句，只是嘿嘿地笑，一边翻弄着坐在身边的孩子的头，寻着一只虱子了，捏下来放在孩子的手心。孩子差一个月满四岁，能在纸上画画，画沙漠和雪山，不知道绿是什么概念。

我说，我们登上了天山，看着那湛蓝的湖水，我就给你拨电话，但天山顶上没有信号。是的，每见到一处好的风光，我就想让你知道，这如富贵了衣锦回乡，可拨不通电话，有些穿锦衣夜行的滋味。我们钻进湖边一个山沟，沟里塞满了参天的松，松下就是巨石，石上生拳大的苔斑，树后的洼地里住了一户哈萨克人。我们在哈萨克人家做客，拿了相机见什么拍什么，都觉得兴趣盎然。帐篷的前前后后，这儿一堆巨石，那儿一堆巨石，石上还是苔，但颜色丰富多了，有白色，黄色，铁锈色，你觉得石头发软如面包。一块巨石上竟也生一种树，类似石榴，又不是石榴，枝条折着长，有碎叶，发浅黄。帐篷右前的一丛树与乱石中堆有燃煤，树干上吊着一扇羊，羊是才杀的，羊头和羊皮在草地上，有四只鸡缩在树下，与石头一个色调。帐篷后不远的一丛树下，劈柴围了一个圈，住了六只羊，一走近就咩咩叫，凑在一起，惊恐地看我。再往右，有一个木桩，长绳拴着一头小梅花鹿，长颈长腿。女主人胖得如缸，一直坐在那里往铁钳上串羊肉，男主人瘦小，没有长开，在灶上做饭，一锅煮羊肉，一锅是手抓饭，一锅烧水。女主人一直在发牢骚，说小儿子上学，学校要求学生去捡棉花，不愿去者，必须掏二百元，她不让儿子去，就掏了二百元。在我们家吃饭吧，女主人说，挣下饭钱了给学校交去，这也是为"希望工程"做贡献哩。但我们没吃。女主人当然有些不高兴了，脸上的肉往下坠，腮帮子就堆在肩膀上。我们想买那只小梅花鹿，她不卖，说鹿是逮着的，自逮住了梅花鹿，她的腰疼病不怎么犯了，宗林拿摄像机去拍，她说：不能照的，照一次得付五元钱的。

她说，她的车在乌根葛楞河陷进了河中，这条从昆仑山上流下的河，水量不大，但河床变化无常，油田上往往今年在河上修了一桥，两年后河水改道又修一桥，再二三年又改道了，整个河面竟宽十一公里。她的车陷了三小时后才被过路的车帮着拉了出来，而远处的昆仑山在阳光下金碧辉煌，山峰与山峰之间发白发亮，以为是驻了白云，问帮拖车的司机，司机说那不是云，是沙，风吹着漫上去的。终于到了格尔木，这个河水集中的地方真美。这是一座兵城，也是一座油城，见到的人即使都穿了便衣，但职业的气质明显地表现出来。她说，我当然是要进昆仑山中去看看的。哇，昆仑山不愧是中国最雄伟的山，一般的情况下人见山便想登，这里的山不可登，因为登不上去，望之肃然起敬。她说她在河谷里见到了牧民的迁徙，那是天与地两块大的云团在游动，地上的云团是上千只羊，天上的云也不是云，是羊群走过腾起的尘雾。牧民骑在骆驼上，骆驼前奔跑着两只如狼的狗，我是在那里拍摄的时候狗向我奔来，将我扑倒，它没有咬我，却叼走了我的相机，相机就交给牧民了。牧民玩弄着我的相机，示意着让我去取，而他跳下骆驼用双腿夹住了狗，狗头不动，前蹄使劲刨着地，尾巴在摇，如风中的旗子。

我说，哈，咱们的恋情变成了见闻的交流，爱上升到了事业的共鸣，这是个了不起的奇迹！她说，你得清楚，如果有恋，这是婚外恋啊！我说爱情原来有这么大的力量，我爱你！她说，我喜欢你！我说，我爱你，真的爱你！她说，男人们说这样的话总是容易，这话请留下十年后，我老了丑了再说才是真的。我说，那我多盼你现在就老了丑了，我爱你，你能说一句我也爱你的话吗？她说我不配说，这样对你好，对我也好！我叹气了，只好开始又说我的见闻和思考。我说，丝路上，我走的军线，所到的军营，我发现十个领导八个都是陕西人。想想历史，开辟和打通此路的差不多又都是陕西人，商人更多是陕人，西路军也是。她说，油线上何尝不大多数是陕人呢，我每到一地，接待的人都讲普通话，一听我说秦腔，就全变成秦腔和我说，口口声声喊乡党。给你说件趣事吧，在敦煌的石油生活基地，电视台老播放秦腔戏，那些人数只占少部分的南方人有意见了，但领导都是陕西人，意见提了也不顶用，争取了数年才开增了别的戏种。油田报纸上曾有人写了小文章说家属区还有个秦腔戏自乐班夜夜唱，他听不来秦腔戏算什么艺术，大喊大叫，吵闹得人不得休息。结果一大批老职工告状，去报社闹事。当知道一块儿晨练的一个老头的儿子是报社副主编，就开始骂老头，甚至把老头开除了活动小组，而作者写了三次检讨，此事才得以平息。

五、缺水使我们变成了沙一样的叶子

整个河西走廊，宽处不过百十多公里，最窄的仅十多公里，就那么没完没了的蛇屁股一样深长。到了阳关、玉门关，关门是打开了——新疆人称两关之东为口内——新疆是内地的大的后院。

走廊和后院是汉武帝修建的，一旦有了走廊和后院，后院的安危就一直影响着整个中国的安危。我们一路往西，沿途的城镇无一不与军事有关，不与安定有关，如静宁，定西，秦安，靖远，会宁，景泰，武威，张掖，永昌，民乐等。在翻过了乌鞘岭，到一个河湾处，两边山峰相峙，互抱处为入口，出口则南山斜出一角为伏虎形，北山直插过来，酷似狼路，这就是北宋时杨家将遭重创的虎狼关。杨家一门忠良，为了国家社稷，征战在西路边塞，最后犯了地名之讳——虎狼是吃羊（杨）的——剩下十二寡妇。这十二寡妇还再征西，直到了张掖、酒泉一带。而新疆的疏勒，甘肃的武威，现南疆军区和二十一军的某炮旅驻地仍是国民党时期的兵营，也更是清朝的军事防务地，那高大厚重的围墙依然，清兵手植的杨树、榆树已经数人难以合抱，树顶上住着乌鸦，一早一晚呱呱而啼，你会感觉到这声音从远古而来。登临了武威城中的钟楼，举目望去，民屋匍匐在下，皆土坯墙，泥平顶，虽粗糙简陋却朴拙之气在阳光里汹汹升蒸。楼基之厚，梯台之宽，砖块之大，令你心气沉稳，尤其那一口似金似银似铜似铁似石的大钟，相传铸造时其中熔化着活人，所以击之声洪如雷，似有人的呐喊。汉朝给我们的是强盛的形象，强盛形象是由政治、经济、军事、文化来支撑的。现在世界核武器的升级试验，军火购买的竞比，闹得乱乱哄哄，战争永远伴随着人类，武器的精良是战争的根本，过去如此，现在亦如此。作为一个老百姓，虽然国之兴亡匹夫有责，但国家社稷的大事并不是一般人能把握得了，我们在沿途上，听多了关于霍去病的故事，左宗棠的故事，西路红军的故事，以及王震的军垦和数年前部队"维稳"的故事，但于我，却时不时就吟出了于右任在河西走廊留下的名词："多少名王名将，几番回首，白头醉卧沙场。"而眼前就是这样的一块干涸的地方呀！

西部确实干涸了。张骞当年出走西域，报告给汉武帝的是一路土肥草茂，尤其塔里木湖四边的十六个小国。河西走廊当年土

142

肥草茂牛羊成群到什么程度，十六个小国又如何地富饶美丽，史书上未能记载，我也无法想象，但现在河西之地走那么一天，眼见的是戈壁，戈壁，还是戈壁，而塔里木波涛还在，却波涛不再激荡，是沙山沙梁沙沟沙川，昔日城堡一半被沙埋着，一半残骸寂然，那成片成片站着的，倒下的，如白骨的胡杨林，风卷着沙忽东忽西，如漂浮的幽魂。在每一个住过的夜晚——这里的夜都寂寞的——月亮星光特别地亮，守候着城堡或山峰戈壁，黑的世界里就隐隐产生着一种古怪的振动，传递给你的是无处不在的神秘与恐惧。

驱车万里走西部，常常是走十几个小时了，出现一片绿地，绿地或大或小，大的就是一个城镇，小的仅几户人家也是一个村子。草木里非常贱活的，只要有一点水就泛绿，长一簇树，树中树后是一畦一畦的庄稼田。但你立即会发现在几间屋舍的不远处是废弃了的残垣断壁，林子外还有平整的田，畦格依旧，但已经不再种庄稼了——一切在证明着地下水逐渐地缩小，如一个重病的人，心还在跳动，四肢已慢慢麻木而僵硬了。原来是世界上最大最大的平原却成了沙漠戈壁，就可怜地仅存着那么一点水，人就在那儿艰难地生存着。我想起了在盛夏的家乡的河边，常常是河流枯瘦，水退回河中的深槽里，滩边的低洼处就留下那么一潭一潭水，水继续在晒干，潭中的小鱼便越来越稠，中间的身子不动，四边的鱼的尾巴却摇得欢快，最后直在那里，死不瞑目，直到晒成干柴。可怜的这些小绿洲，还能继续绿下去吗？地下的那么点水，在浩瀚的沙漠戈壁的热气里能坚持多少年不蒸干呢？

我站在沙地上，怒目看着天上的太阳，太阳里哪里是有一只赤乌呢，整个儿是一个光的刺猬。我没有一柄弯弓，那个英雄的后羿也早死了。我站着，脸上的汗油往外溢出，感觉到头发开始干燥，卷曲，快要燃烧了，听见小路在讲着这里的沙漠、戈壁形成的原因，是喜马拉雅的造山运动成就了世界的最高屋脊，也毁灭了西域的大片绿洲，便一时豪放起来，恨不得将喜马拉雅山一炮炸开，让印度洋的湿润空气吹过来，那么，我就这么站着——头发长成枝条，体毛长成根须——站成一棵树！

人实在是无法征服大自然，大自然却偏偏要让人活着。

在定西的山塬地带，人是吃窖水的，下雨是他们的节日，大人小孩都会站在雨地里浇淋，他们最能体会甘露二字的含义。雨落在田里，田里起着土烟，土尘起来，软下去，庄稼看着十分受活。雨落在村道和打麦场上，那是一种浪费，人们就用锄头通引着流水到各家各户挖凿的土窖里。这些窖中的水上面浮动着牛屎羊粪，蜉蝣和蚊虫。他们通常一生洗三次澡，作为净身：一次是出生时，一次是新婚夜，一次是死亡后。一家人洗脸舀半盆水，需要把盆半靠在墙根方能掬起，洗过脸了，将前一天的洗过脸的水和在一起再洗衣，然后沉淀了又去喂高脚牲口和鸡鸭猫狗。我们在一个村子里去转悠，我听见两个妇女在猪圈墙外说话，原来她们约定好了今日去县城逛的，一个来了，另一个却因别的事缠着不能去，那妇女就不悦了：你这不是日弄人吗，我脸都洗了，你却不去了?！在张掖的博物馆，我看到许多汉时的陶罐，都是水壶样，出门带水，已经是人的潜意识，这如同我好吃烟，出门可以把什么都忘掉拿，但装上烟和火柴是永远忘不了的。志书上讲，汉兵在武威的戈壁滩上迷失了方向，不得出来，人杀马而吸其血，马杀完了，人又互相杀之吸血，死后的人都是脖子上有刀口，嘴上有血痂。酒泉，是以霍去病在泉水里倒下御酒让士兵喝而得名，但一老汉讲，民间里世世代代传下来的故事，是十几万人来到这里发现了一泉，都去争饮，结果踩死了无数，而有人饮得过多，当场毙命，霍去病是杀了许多抢水者才维持了秩序，那水如酒一样一人喝三口，从而得酒泉之名。

历史的故事，正史上野史上都记载了，我听到的是玉门油田初开发时渴死了许多勘探人员，他们的坟墓现在还在玉门，每年清明，活着的人去扫墓，除了燃香焚纸，就是背一壶水浇在坟头。我们去了那一片坟地，正好碰上一位老太太往一座坟上浇水，她说她昨晚又梦见他了，他仍然是张着嘴喊渴，"渴死鬼给我托梦哩！"她眼泪扑簌簌流下来，"他给我托了一辈子的梦，从来都是喊渴！"原来坟里埋着的是一位年轻的勘探队的司机，五十年前他们在热恋着，他在一次出车时，半路里汽车抛了锚，结果就困在沙漠里渴死了。发现时人在汽车东边一里多地方趴着，身下是双手挖开的一个坑，面朝着坑底，满鼻满口是沙，身子却干缩如小儿。她是去了现场，抱着尸体哭了一场，然后去汽车上一揭坐垫，坐垫下还有两军用水壶的水，她又是啊的一声就昏了。因为出发前，年轻的恋人让她备水，她是备了三壶的，却想为了能让他节省，将两壶藏在坐垫下，她只说他会发现的，谁知他竟那么老实，喝完了一壶后就活活地渴死。她现在是有了丈夫并有了孙子的人，但几十年来这件事让她灵魂难以安妥，"他死前一定是恨我的，"她说，"恨我只备了一壶水！"见过了这位老太太后，我们在以后的行程里，凡到一地，出发时都得买整箱的矿泉水，唯独一次去看一个烽燧，心想半天就可以返回了，而且沿途也能买到水的，没想路上竟未能买到水，就口渴得吐不出唾沫来，翻了丢弃在车厢角的一堆矿泉水空瓶，企图某个瓶里还残留一口水，但没有，那只苍蝇竟藏在其中。鼻孔越来越往外喷热气，嘴唇上先是有一种分泌物，黏黏的，擦下闻闻，有一股臭味，接着手开始粗糙，毛孔看得明显，而且情绪极坏，叼一支烟去吸想分散注意力，烟蒂吐没吐掉，用手去取，烟蒂上贴着一层皮，血就流下来。我嘴上的血流下来，小路却说：我真想吮了你的血！我原本想要将嘴上的血擦下来抹在他的脸上，但我已没有恶作剧的力气。宗林就开始讲水的故事，企图讲水止渴，我就说现在若有水了，我要喝三大碗的，小路说我得一脸盆哩。老郑却严肃了，叮咛回到驻地，每人先喝半杯水，十分钟后，再喝半杯水，喝得太多太猛是要出事的。他说他在部队时，一次行军拉练，干渴了两天两夜，到了一条河边，有个新兵一见水就疯了，往河里扑，结果扑下去喝是喝够了，却再也没能起来。

没有了水，又长年有风，山上没有了草木，地上也多是没土，坐在车上不断地能看见前边出现着的海市蜃楼，那是戈壁沙漠对水的精神幻化。在一个沙窝子里遇上了几户维吾尔人，都是瘦瘦的，个子挺高，询问着他们这里如此缺水，怎不迁徙到别的地方去？回答是：能长西瓜就能长人。这话使我激动得喊了一声，又赶紧记在了笔记本上。是的，西瓜原本是生长在西部的一种瓜，它在全世界的瓜的品类中最甜最爽，将地下水吸收着顺着藤蔓而凝聚到地面，西瓜是种出的无数的泉。人或许不能承受更大的幸福，但人却能忍耐任何困苦，生存的艰辛使西部充满了苍凉，苍凉却使人有了悲壮的故事，西部的希望也就在这里。

在柳园去星星峡的路上，干渴使我们从车上都下来，软绵绵仰躺在沙地上看云，云白得像藏民的哈达一样浮在空中，你会明白了西部的所有洞窟壁画为什么总是画有飞天。而山就在身边，好像是遭受了另外的星球的撞击，峰丘无序，这一座是白色的，那一座是黑色的，另一座又是黄色或红色。小路就在离我们不远的地方解裤要尿了，但他却叫喊着尿不出来，火结了。我趴在那里，开始在笔记本上记每天的日记——我的日记都是在路上叼空写的——我写道：如果有水，西部就是世上最美的地方了。刚刚写下这么一句，那座发着黄色的山丘和那座发着黑色的山丘之间出现了一片红光，红光在迅速放射，一层一层的连续不断。约莫一分钟，红光消失了，出现了波光摇曳的水面，而水面后边是到了山丘旁的另一座山丘，拥拥挤挤着顺丘坡而上的房子，还有一条横着的巷，巷里的房舍似乎向一边倾斜（我以前在陕南山区常见到这种街巷，但倾斜的房舍成百年没有倒塌），一个男人骑着马向巷里走去，马的四蹄很放松，有舞蹈的模样，马粪就从尾巴下掉下来，极有节奏地掉下五堆。一棵树，是一棵桑树，桑叶整齐地如扇形分布在枝干上，树下坐着一个老年的女人。我的感觉里，这老女人已经在树下坐了很久了，她一直顺着树影坐，树下的地上被身子磨蹭出了一个圆圈。水面开始悄无声息地往上涨，涌进了巷口处建在慢坡上的一所房子，门就看着朝里倒下去，接着水又退出来，收缩至慢坡下，而水退出来的时候水头上漂浮着屋子里的椅子、被褥、箱子和一只铁锅。那坐在树影下的老女人没有惊慌，我也没有惊慌，像是看着一场电影——知道那是假的，它只是电影。我站起来拿了相机去拍照。小路看着我，问那有什么拍的？我说，你快看吧，瞧那里有湖！所有的人都往我指点的地方看，看不见什么，就一齐看我，小路甚至还用手在我的眼前晃了晃，说：你是不是干得连眼睛也没水了？！庆仁说：这是渴望。

晚上回到了柳园，柳园还在红着天，柳园在晚上八点钟太阳落下山了，太阳的余晖还映得天红。我们在一个小饭馆喝茶吃饭，因为想吃羊肉，店主在后院里将一只羊当场宰杀，我就去找一家摄影部冲洗胶卷。我是自信我在下午看见了奇异的风景，或许，他们真的没有看见，是我看见了（我有这么个特殊功能，常常能看到听到嗅到别人看不到听不到嗅不到的东西），但照片冲出来，上边却什么都没有。这让我非常地丧气，怀疑是不是灵魂又出窍了，或者是干渴得脑子坏了！返回饭馆，清炖羊肉已经摆上了桌，在我们桌的正前方另一张桌前，坐着三个人，中间的那人一直坐着低了头，一件白衫子披在身上，两条胳膊却在衫子下面，而衫子在前边系着扣。后来，三碗拉条子面端来，两边的人把白衫解开，那人的双手原来是戴着铐，左边的人为其开了铐，三人就一阵狼吞虎咽。这是穿便衣的公安长途解押犯人，我们面面相觑了，全不敢高声说话，为了避免是非，又都不再去看。庆仁附过身说：去冲胶卷了？我点点头。他又说：冲出来是白卷？我说：你说得对，那是渴望。

　　我没有为我的渴望产生的幻景而羞耻，海市蜃楼经常发生，我明明知道可能是海市蜃楼却又以为这一次是真的，这如在梦中发生到一个地方了还在想这不是梦吧的现象。但我在作想这件事的时候，那一根爱的神经又敏感了，她的形象浮现在眼前：一身牛仔服被汗水浸湿了后背，披肩的长发数天未洗，一副墨镜推挂在额上。她这一阵在干什么呢？我曾经对她说过：记着，每天一早醒来你若想起一个人的时候，那就说明你爱上了那个人，你说说，你醒来第一个人想到过谁？她说，想的是我呀！她总是这么气我，我就认真地对她说：你再记着，当你什么时候想到了我，那就是我正在想你！——那么，现在，是十点半，她在想我了。

身后的桌子还坐着两个人在吃羊肉，听得出一个是北京人，一个是上海人。一个说：这里的羊肉不像羊肉，没有膻味。一个说：这就像你，你这个上海人最大的好处是不像个上海人。我笑了一下，便突然间感到一种忧伤，咀嚼着我对她如痴如醉的爱恋，而她为什么总不能做出让我满意的举动，甚或一句哄我的情话也不肯说呢？如果她对我没有感觉，骂我一句打我一掌，拂手而去，再不理睬，也能使我从此心如死灰，可她消失了许久又与我联系上，依然那么漫无边际地交谈，又谈兴盎然，令我死灰复燃呢？是不是她仅仅是喜欢读我的书，我喜欢她的画，是一般只做谈得来的朋友，那么，她就是我的另一种渴望，是我的精神沙漠里的海市吗？

夜里，庆仁又画起了速写，我们一路上笼络所有人只有三件法宝。一就是宗林为其照相，当然他经常不装胶卷，却骗得被照相者又换新衣又梳头，留下详详细细的地址。二是庆仁画肖像，当然这是为各地接待的负责人。再就是我为一些人算卦了。算卦是不能给那些春风得意的人算，也不能给那些面目狰狞谁也不怕、命也不惜的人算。领导者都算的是仕途上的晋升，女孩子耽于爱情，中年人差不多是情人的关系、孩子的学习和赌博如何，已经黄蜡了脸但衣着整齐的女人们往往你刚说了数句，她就泪流满面，将一肚子苦水全倒给你了。今夜我无心情为人算卦，拉了小路在院子的一株痒痒树下说话，身子在树上蹭蹭，一树的叶子都缩起来，瑟瑟地抖。小路将一包西洋参片给我，说他最担心我的身体，没想一路上我除了小毛病外竟特别精神，是不是因了她的缘故？我说了我吃饭时的想法，他严肃起来，问：你们有过那个吗？我说这怎么可能有？即便我有这种想法，她也是不肯的，她模样是极现代的，在这方面却保守得了得，她说她不能背叛丈夫，我们只做精神上的朋友。小路说，可是，把精神交给你了比把肉体交给你更背叛了她的丈夫。我想了想，这话是对的。小路又问我是什么星座，我说是双鱼星座。"你不是能仅做精神交流的主儿！"他说，"你是精神和肉体都需要的人，如果这样下去，你的内心更痛苦。"我问他那怎么办，他说结束吧。我说：那就结束吧。

可这怎么能结束呢？男人的弱点我是知道的，要永远记着一个女人，就必须与这个女人做爱，如果要彻底忘却一个女人，也就必须与这个女人做爱——我和她是属于哪一种呢？一连数天，我是不拨打她的电话了，当她来了电话，我一看见手机上显示的号码，就立即把手机关掉。世界大得很，何必吊死在一棵树上呢？我在鼓励着自己，也在说服着自己。

人真的如一只蚕，努力地吐丝织茧，茧却围住，又努力地咬破茧壳，把自己转化为蝶而出来。当城市越来越大，而我的生存空间却越来越小，我的裤带上少了一大串钥匙，我只能用我的钥匙打开我家门上的锁。签过了各种各样的表格，将我分解成了一大堆阿拉伯数字。单位要找你去开会，妻子要找你去买菜，朋友要找你办事，喝酒，玩麻将，你的手机和传呼不停地响，钻进老鼠窟窿里也能把你揪出来。你烦得把传呼机砸了，关掉了手机，你却完全变成了瞎子和聋子。一连数天里，我就是这样的瞎子和聋子。变成瞎子和聋子也好，一切由同伴安排，他们让我到哪儿去我就到哪儿去，他们让我干什么我也就干什么。嘉峪关前，看七眼泉的水几近干涸，导游告诉说，正是有了这七眼泉，嘉峪关才修在了这里，为了保住这泉水，政府曾将雪山上的水引过来，但泉水仍是难以存住，泉的七眼似乎不是出水口，反倒要成为泄水口。我说为何不淘呢，我们老家井水不旺了就要淘的，淘一淘水就旺了。导游说，不但淘，是凿过，可越发涸了。我说，庄子讲"日凿一窍，七日而混沌死"，莫非它也是混沌？在敦煌的鸣沙山，我十多年前来时沙山下的月牙泉水位很高，而这次再去，水位却下去了近一人多深，听人介绍，专家们也是为了保住这一风景，在沙山转弯处修了一个人工湖，企图将水从沙下渗过去，但这一工程是失败了。在哈密，我是去了一趟吐哈油田基地，基地负责人很是自豪地陪我参观这个沙漠上建起来的工人生活区。生活区确实漂亮，高楼，马路，到处的绿草和花坛，甚至还有一个湖的公园。他们说这里的用水是从雪山上引下来的，为了维持这个生活区，全年的费用就得三亿四千万元。水对于西部，实在是太金贵了，西部的人类生存史就是一部寻水和留住水的历史。在吐鲁番，我们专门去参观了坎儿井，坎儿井是维吾尔人一项最了不起的智慧，而在秦安的汉人，又创造集雨水节灌水窖，仅一个叫郝康村的，两千六百户人家，集雨水窖两千四百多眼，便使干旱的七百七十余亩地得到灌溉。

现在，我将讲讲鄯善的一位牧人的故事了。

车子在石子与天际相连的戈壁滩上颠簸，经过了长久的景色单调重复令人昏昏欲睡的路程，我们来到了一个土包，土包下是黑色的羊圈和土屋，腾腾的热气将土包全然虚化，土屋就如蒸笼里的一个馒头。主人赶着一群山羊回来了，羊并没有进圈，而是叫着奔向土屋外的一口井边渴饮井槽里的水，主人也是趴在井边的一个桶口咕咕嘟嘟一阵，眼见着他的喉结骨一上一下动着，敞了怀的肚皮就凸起来，然后才热情地招呼我们。而招呼我们进屋在炕沿上坐下了，端上来的就是一人一碗的清水。他告诉我们，他的先辈原是在阿勒泰放牧的，后来随着羊群转到了这一带。这一带以前也仍是水草丰美，是放牧的好地方，可在他二十岁的时候，河床干涸了，再也养不起了更多的羊，牧民们开始了种地为生，去了鄯善和哈密绿洲的附近。但他不肯放下羊鞭，他成了唯一的一个牧人。这牧人倔强，坚信着这里还有水，就请人打了一口十数米深的井，盖好了房子，孤零零地守在这里。他现在养了五百只羊，都是山羊，他说，水太少，马是养不活的，绵羊也养不活，只有山羊和骆驼能站住。他说到的"站"字让我十分震惊，眼前的这位汉子，头小小的，留着胡子，有几分山羊的相貌，而个子很高，长腿有些弯，倒像是骆驼的神气——山羊和骆驼在这里站住了，凭着一口水井！这汉子也站住了，站住了在这片戈壁滩上唯一独居的牧人。

鄯善的那片戈壁滩上发现了一口井，但是，不是任何戈壁滩上都有井能被发现，人在大自然中实在难以人定胜天，是可怜的，无奈的，只有去屈服，去求得天人合一。所以，我看到的生活在这里的人都是高高的个子，干干瘦瘦的身板，而我仅仅几十天里，人也瘦下去了一圈，屁股小了，肚子也缩了下去，重新在皮带上打眼。在这一点上，人是真不如了草木，瓜是通过细细的藤蔓将地下水吸上来，一个瓜保持了一个凝固的水泉，一串葡萄是将水结聚成一堆颗粒。我曾经读过在新疆生活了一辈子的周涛的一篇文章，他写道："如果你的生活周围没有伟人、高贵的人和有智慧的人怎么办？请不要变得麻木，不要随波逐流，不要放弃向生活学习的机会。因为至少在你生活的周围还有树——特别是大树，它会教会你许多东西。"列夫·托尔斯泰也说过一句话：我们不但今天生活在这块土地上，而且过去生活在，并且还要永远生活在那里。西部辽阔，但并不空落，生存环境恶劣，却依然繁衍着人群，而内地年年有人来这里安家落户。我肃然起敬的是那些胡杨林，虽然见到的差不多像硅化木石一样，枯秃，开裂，有洞没皮，它是站着千年不倒，倒下千年不腐的，那些沙柳呢？沙棘呢？骆驼草呢？还有许许多多不知名的野草，它们原本可能也是乔木，长得高高大大，可以做栋梁的，但在这里却变成矮小，一蓬蓬成一疙瘩一疙瘩，叶子密而小。更有了两种草——鬼知道叫什么名字——一种叶子竟全然成了小球状，如是粘上去的沙砾，一种叶子已经再也称不上是叶子了，而是刺，坚硬如针般的棘。我蹲下去，后来就跪下膝盖，将那球状的叶子摘下，也让硬棘像箭头一样扎满了裤腿，而泪水长流。

可以说，就是在孤零零的一口井和一个牧人的戈壁滩上，我再也不敢嘲笑陇西那里的小毛驴了，再也不敢嘲笑河西走廊的女人脸上的红二团了，再也不敢嘲笑这里长不大的小黄白菜，麻色的蝴蝶，褐色的蜘蛛和细小的蚊虫。我又开始拨通她的电话，我是那样的平静和自然（令我吃惊的是我的话语又充满了机智和幽默），我竟然给她报告着我从天山下来是去了一次胡都壁县，车如何在一条干涸的河床上奔走了数个小时，又在山窝子里拐来拐去，就是为着去看那里的岩画。看岩画就是为了看原始人画中的性的崇拜。我说，人都是符号一样的线刻，在两条细线为腿的中间，有一条线直着戳出来比腿还长，像一根硬棍，棍头又呈三角状。古人的生殖器真就那么大吗？我又联想到了曾在云南见过的女性生殖器的石刻，那是在一个石窟里，两尊佛像之中的上方就刻着那个图案，朝拜者去敬佛时也为女阴图磕头，末了用手去摸，竟将图案摸得黑光油亮。我还联想到了在我的故乡商州，前几年我曾从倒塌的一个石洞口爬进去，里面竟大得出奇，到处是新石器时期人留下的谷子，谷子已腐败成灰，脚踩上去，腾起的尘雾呛得人难以久待，而就在谷灰边有一大堆男性生殖器的石雕。古人的东西那么大，简直令我满脸羞愧。她说，我给你讲一个笑话吧，一对年轻男女在夜里的公园谈恋爱，男的一直拉着女的的手，女的却侧过身子有些不好意思，男的就冲动起来，将他的尘根掏出来塞进了女的手里，女的说了一句：谢谢，我不吸烟。我在电话里笑起来，说：好哇，你就这么作践我们男人？！她说，这就是你们现在生活在内地的汉人。我说难道你不是汉人？她说：我当然不是。这令我大吃一惊，问她是哪个民族的，她却不肯说明，只强调绝不是汉人，而且父母也绝不是同一民族。我是个混杂种吧，你想想，你们汉人能有我对你这么不近人情吗？我说这话怎么讲。她说：像你这样的人，多少美丽的女人围着你，现在的社会么，你想得到谁那还不容易吗？我说，可就是得不到你！她说，我是一个属于另一个男人的人了。我便正经说明，我是希望我们回去之后能见见你的丈夫。我说这话的时候，全然一派真意，以前我们在一起，她是曾提说过她的丈夫，我是强烈反对过她提到她丈夫——一个愚蠢而讨厌的女人才在与别的男人在一起时提说她的丈夫的——但现在我想见见她的丈夫，希望也能与他交上朋友，并当面向他祝福。她在电话里连说了三声谢谢，她说她的丈夫其实很丑，又没有大的本领，但像我这样的男人轻而易举可以得到漂亮女人，她怎么忍心将美不给一个缺美的人而去给美已经很多的人呢？我们在电话里都沉默了许久，几乎同时爆发了笑声，我虽然不同意她对我的评判，但我理解了她的意思。我岔开了这样的话题，询问起她现在在哪儿，才知道她已经在格尔木的石油基地许多天了。她说格尔木的汉译是水流集中的地方，戈壁沙漠上只有水，你就能想象出这里是多么的丰饶和美丽了。她说她去了一次纳赤台，看到了昆仑第一泉的，那真是神泉，日日夜夜咕咕嘟嘟像开莲花一样往上翻涌水波，冬天里热气腾腾，夏天里手伸进去凉得骨疼，她是舀了一壶水，明日去石油管道的另一个热泵站时要送给一位老工人。老工人那里常年需要送水，每次喝水时都要给水磕头，甚至桌上常年供奉着一碗水。听说那老工人害了眼疾，她让他用神泉水去洗洗眼呀。

她问我，你见过原油吗？原油像溶化的沥青，管道爬山越岭，常常就油输不动了，需要热泵站加热，而且还有油锥，如放大的子弹头一样，从管道里通过，打掉粘在管道内壁上的油蜡。她说，前天她是去了一个地方看铺设新管道，荒原上几十个男人竟热得一丝不挂在那里劳作，她的突然到来，男人们惊慌一片，都蹲下身去，她没有想到没有女人的世界男人们就是这样的行状吗？"我没有反感他们，"她说，"我背过身去，让他们穿衣，但我的背上如麦芒一样扎，我知道这是他们都在看我，我抖了抖身，抖下去了一层尘土，也感觉把一身的男人的眼珠也抖了下去。那一刻里，我知道了我是女人，更知道了做一个女人的得意和幸福。那个中午，他们都争先恐后地干活，那个脸上有疤的队长对我说，男女混杂，干活不乏，但我们这里没有女人。"她说，她后天就要离开格尔木，往西宁去了，她将经过德令哈，香日德，莫木洪，茶卡，她准备在茶卡待上两天，因为在小学的时候，课本上有过关于茶卡的描绘，说那里有盐山，盐田，连路也是盐铺的。同她一块儿走的是一位塔尔寺来格尔木的喇嘛，与喇嘛一起总感觉是与古人在一起，甚至还有一种感觉，她是了从唐而来的玄奘，或是了从西域往长安的鸠摩罗什。她说到这儿，我突然发了奇想，我说我是在武威拜访了鸠摩罗什曾经待过的寺院的，就产生过以鸠摩罗什为素材写一部戏的冲动，但你更与佛有缘，何不就去了塔尔寺，然后再往甘南的拉卜楞寺，那里有着大德大慧的活佛和庄严奇特的建筑，有着无与伦比的壁画和酥油茶和千里匍匐磕拜而来的藏民，你是高贵圣洁的，你应该去看看。"你如果到拉卜楞寺，"我强调道，"我们返回来也到拉卜楞寺去，咱们在那儿会合吧！"她说：这可是真的？有她这样的话，我就激动了，大声说：一言为定！

在漫漫的西路上，我们终于约定了见面，这是个庄严的承诺。

这天晚上，我把庆仁的笔墨拿了来，我为她画了一像，上面题记：女人站起来是一棵树，女人趴下去是一匹马，女人坐下来是一尊佛，女人远去了，变成了我的一颗心。推窗看去，夜风习习，黑天里有一颗星，而一只萤火虫自己的光亮照着自己的路一闪一闪飞了过来，但我知道那花坛里的月季花开了，开着红色，那红色是从沙土里收集来的红。

六、带着一块佛石回家

在乌鲁木齐，我们休整了七天。宗林是第一次来，对这座边城的一切都感兴趣，白天出去逛遍了城内所有景点，晚上又出去吃遍夜市上所有的小吃，在那里摄像，常常夜半回来，满床上摊开买来的小花帽，丝围巾，银手镯，铜盘子以及和田玉挂件，英吉沙小刀，就把宾馆的服务员招来试穿试戴，夸奖着衣饰漂亮，也夸奖着女服务员漂亮。这个时候，庆仁肯定要出现了，他原本是老成人，一路上也学得油嘴，每见宗林和女服务员说话，总要提议：握手握手，拥抱拥抱。他故意将"握"念成"弱"，"拥"念成"盈"，惹得女服务员便咯咯笑，看着他——他个矮头大脸圆，像高古的僧人或日本人——有叫他花和尚的，有叫他朝三暮四郎，末了却一边骂狂丑，一边当了模特，摆各种姿势让他画。小路的兴趣还在于收集鞋，差不多已经收集到一纸箱子，宝贝似的，扎得严严实实从邮局发寄回去。他感慨他应该收集脚印，但汉以来的脚印让河西走廊收留着，收留成了一条路。"我庆幸我也姓路！"他说。另外，他的兴趣就是买药材了，他说他那东西懒，得补补，买了雪莲，冬虫夏草，鹿茸，甚或一次买回来了一根虎鞭。他说卖主那里有四条虎鞭，他买时旁边有人说了，这是天山虎鞭，厉害得很，研成粉掺在面团里擀了面条，一下到锅里全立栽起来了。我说，是吗，中国现在有多少虎呢，那人一下子有四条鞭，那虎是不是养在他家的床下？小路死死地盯着我，突然用力地拍自己脑门说，你说得有道理，有道理，他娘的我又上当了！

我因为以前来过乌鲁木齐，有一批朋友居住在这个城市，当他们得知我又一次到来，就来看我，约我去逛那些一般人不常去的街巷看旧建筑，访奇异人。于是我在一条已经拆除了一半的小巷里见到了一个老头，他有着一个小四合院，与房地产商的谈判未能达成一致，坚持着不肯搬迁，房地产商就请求政府干预，结果石灰粉写成的"拆"字刷在了院墙上，限定十五天内若不搬迁就强行拆除的布告也贴在门前的杨树上。但他仍是不搬迁。我们去见他的时候，他以为我们是政府里的人，态度蛮横，我们坐在门前的小凳子上，他却说凳子是他家的，收走了。后来终于知道我们是外地游客，他则自豪他走遍了全国各地，最好的还是乌鲁木齐。他说，五十年代，乌鲁木齐街上的路还是碎石铺的，他就住在这里了，转场的牧人把羊群赶过来，百十头羊白花花一片，淹没了马路，牧人夏天还穿着皮袍皮裤，表情木讷，样子猥琐，连牧羊犬也一声不吭地低了头，躲着行人。可现在，却要让我搬离这里，听说那个房地产商的父亲就是一个牧人，牧人的儿子现在暴发了，是大老板了，我却像狗一样给那么一块骨头就要撵走了？！老头子说着说着又激愤起来，我们就不敢再与他交谈，每每逃到了叫二道桥的维吾尔族人的市场上去。从一排一排服饰、皮货、水果、药材摊前看过，在我与那个大肚子的维吾尔族人讨价还价一张银狐皮时，我的腰被人抱住了。回头一看，是另一个朋友，他埋怨我来了为什么不通知他，他说我是一心想着你的谁知你压根儿把我当了外人。我说你怎么知道我没珍贵你，又怎样在心里想着了我？"那晚上见吧。"他打问了我住的宾馆，就走了，他要去一家医院探望个病人的。

晚上，我的朋友来了，抱着一块石头，石头上阴刻着佛像。这是西藏古格王国城堡里的摩尼石。古格王国在八百年前神秘地消失了，在那以山建城的残废之墟，至今可看到腐败的箭杆和生锈的簇头、头盔、铠甲和断臂缺腿的干尸，看到色彩鲜亮、构图奇特的壁画，看到在内壁涂上红的颜色的宫殿外一堆一堆摩尼石。这些当然是朋友说的，他是托人开了汽车翻过了五千多米海拔的大山险些把命丢在那里而抱回来的。我好佛也喜石，无意间得到这样的宝贝令我大呼万岁。

我现在得详细记载那天晚上敬佛的情景了——这是一块白石，虽未是玉，但已玉化，椭圆形，石面直径一尺，厚为四指，佛像占满石面，阴刻，线条肯定，佛体态丰满，表情肃穆，坐于莲花。我将石靠立于桌上，焚香磕拜，然后坐在旁边细细端详。我相信这种摩尼石是有神灵的，因为那些虔诚的佛教徒翻山越岭来到古格城堡，为了对佛的崇拜，雇人刻石奉于寺外，那虔诚就一凿一凿琢进了石头，石头就不再是石头而是神灵的化身了。即便是刻了佛像的石头仍还是石头吧，这石头在西域高山之上，在念佛诵经声中，八百年里，它也有精灵在内了。我猜想不出这一块佛石是哪一位藏族的信徒托人刻的，是男的还是女的，刻时是发下了宏愿还是祈祷了什么，石头的哪一处受到过信徒的额颅磕叩，哪一处受到过沾着酥油的手抚摸，但我明白这一块石头在生成的那一刻就决定了今日归于我。当年玄奘西天取经，现在我也是玄奘了，将驮着一尊佛而返回西安。

我有了如莲的喜悦。禁不住地拨通了她的电话（我的举动是佛的指示），我开始给她背诵我曾经读过的一本书上的话：佛法从来没有表示自己垄断真理，也从来没有说发现了什么新的东西。在佛法之中，问题不是如何建立教条，而是如何运用心的科学，透过修行，完成个人的转化（我们都是一辈子做自己转化的人，就像把虫子变成蝴蝶，把种子变成了大树）和对事物究竟本性的认识。

我在给她背诵的时候，她在电话那边一声不吭地听着，末了还是没有声息。喂，喂，我以为电话断了，她嗯了一声，却有了紧促的吸鼻声。我说你怎么啦，你哭了吗？她闷了一会儿，我听见她说：这块佛石是要送给我吗？我当然可以送她。只要肯接受，我什么都可以给她，我说：我要送你。她却在电话那边告诉我：你知道我为什么也来西部吗？沿着油线写生，这是两年前就答应了油田有关部门的邀请的，但我迟迟不能动身。这一次独身而去，原因你应该明白，可并不是企图和你结伴，而是写生，也趁机好好思考些问题。我有许多话要对你讲，每每见了面又难以启口，在格尔木给你写了一信，写好了却没有发，也不知道该给你发往哪里。这封信就揣在怀里跟我走过了德令哈、香日德和茶卡、巴拉根仑。这一带是中国最著名的劳改场，在七八十年代，劳改人数曾多达十几万。可以说当时开发青海是军队、石油工人和劳改犯开发的。一路从这里走过，我感觉我也是一名劳改犯了，一位感情上的劳改犯。现在我在西宁，沿了唐蕃古道到的西宁，文成公主从西安是去了西藏，我却顺这条路要往西安去。昨日经过了青海湖，青海湖原来四边有岸岩，野生动物与水面不连接，鸟多到几十万只地聚集在那里，每年的四月来，七月前飞往南方了。我没有看到鸟岛上的风景，但是也有遗留的鸟，那是些为了爱情的，也有生了病的，也有迷失了方位的。我搞不清我是不是遗留下来的一只鸟，是为了爱情遗留的，还是生了病或迷失了方位。我离开了青海湖开足了马达，车在那柏油路上狂奔，当的一声，前玻璃上被一只鸟撞上。把车停下，车窗上有一片血毛四溅的痕迹。我在路上寻着了那只鸟，我谴责着是自己害了那鸟，又猜想那鸟是故意死在我的车玻璃上要让我看的，鸟的小脑袋已经没了，一只翅膀也折了，只是那么一团软绵绵的血毛。我把它埋在了路边的土里，为它落下了一滴泪。到了西宁的今晚，我决定将信焚烧，但你的电话却来了。

天呀，原来她并不是一块玻璃板，我用毛笔写上去的文字一擦就没了，原来我拿的是金刚石，已经在玻璃板上划出了纵纵横横的深渠印儿！我让她把信一定要交给我，她说这不可能，她肯定要在今夜里烧掉，我就反复求即便是不肯交给我，也得让我听听信的内容呀！她沉默了许久，终于给我念了一遍，我用心地把它记在脑中。

我明明知道你是不会给我电话的，但我还是忍不住拨了你的手机。我到底要证明什么？！

你是我生命中的偶然，而我因为自己的软弱把自己对于完美的追求和想象加在了你的身上，对你作品的喜爱而爱屋及乌了。

　　我心存太多的不确定，是因为我的虚伪。一切都像梦一样，我的自卑和倔强，让我在真正的爱情里，永远得不到幸福，得不到安宁。

　　你说女人残酷，你以为我这么做就不是自己找楼梯吗？或许我们只是于万水千山中寻求精神的抚慰罢了。生存的巨大压力和迫切的情感需求已让我们面目全非了，寂寞和脆弱又让我们收不住迈动的双脚，我虚弱地妄图在沉入海底前捞几根水草。

　　别留我，让我走吧，我这个任性的不懂事理的孩子。我只想过自己要过的生活，虽然我看不清楚我想过的生活是什么模样。

　　我不成功，没有成功的生活，但我更渴望追求有尊严的生活；我相信这世上一定有另外一种活法的。我在自己的世界里，快乐、痛苦如一条鱼。

　　如果你真的爱我，请你让我走开罢，这真爱的光亮已让我不敢睁眼，我自私、残酷、矫情和虚荣。

　　上帝啊，我总在渴求抚慰，却又总在渴求头脑清醒，在夜与昼的舞台上，我是那天使和魔鬼。

这难道是我的错?!

（跪在床上写，一条腿已麻，摸，没感觉，再摸，一群小小蚂蚁就慢慢地来了。）

听完了信，我说，你往拉卜楞寺吧，我到那儿去找你！

桌子上的旅游地图被我撞落在了地上，打开了，正好是夹有长发的那一面。灯光下，我看见了从西安到安西的古丝路的黑色线路，也看见了几乎与线路并行的但更弯曲的一根长发。

我们决定了三天后返回，但在怎么返回的问题上发生了争执。宗林的意见是坐车，我便反对，因为回头路已不新鲜，又何必颠颠簸簸数天呢？最后就定下来让司机开了车明日去兰州，我们三天后乘飞机在兰州会合，然后再搭车去夏河县的拉卜楞寺。第二天一早，司机要上路的时候，宗林却要同司机一块儿走，他说他在返回的路上再补拍些镜头。这使我和小路很生气，走就走吧，他是在单位当领导当惯了，没有采纳他的意见他就闹分裂了。小路帮他把行李拿上车，说了一句：那车上就你和那只苍蝇喽！我、庆仁、小路和老郑继续留下来休整，他们各自去干自己的事，我在宾馆的医务室让大夫针灸左大腿根的麻痹，然后回坐在房间为佛石焚香，胡乱地拿扑克算卦，胡乱地思想。

对于那封未寄出的信，我琢磨过来琢磨过去，企图寻出我们能相好的希望，但获得的是一丝苦味在口舌之间，于无人的静寂里绽一个笑，身上有了凉意。我也认真地检点，如果她真的接受了我的爱，我能离婚吗？如果把一切又都抛弃，比如，儿女、财产、声誉（必然要起轩然大波），再次空手出走，还能有所作为吗？而她能容纳一个流浪汉吗？如果她肯容纳，又能保证生活在一起就幸福，不再生见异思迁之心吗？我苦闷地倒在床上，想她的拒绝应该是对的，可不能做夫妻日夜厮守，难道也没有一份情人的缘分吗？回忆着与她结识以来每一个细节，她是竭力避免着身体的接触，曾经以此我生过怨恨，丧气她对我没有感觉，但我守不住思念她的心，她也是过一段我不跟她联系了她必有电话打过来，这又是为什么呢？如此看来，我们都是有感觉的，她只是经历了更多的感情上的故事，更加了解男人的禀性。我继而又想，或许她不允许发展到情人关系，我能在有了那种关系，失去了神秘和向往还会对她继续真爱吗？我在床上昏昏沉沉地睡着了，我似乎在做梦，我还在祈祷：让我在梦里见到她吧！天空出现了白云，云变成了多种动物在飞奔游浮，我坐着车来到了西安南城门口。哦，这就是南城门口，我已经三十年没有见到了。我是从哪儿来的呢，我记不起来，但知道三十年没有回来了，回来了，南城门口城楼没变，那城河里流水依然，而我却老态龙钟了！一步一挪地走过了前边的那个十字路口，路口的一根电线杆还在，我想起了三十年前发生在这里的故事，我是遇见了她的。

我坐在电线杆下，回首着往事感慨万千，为没能与她结合而遗憾，轻轻地在说昔日说过的话：我爱你，永远地爱你！一位老太太提着篮子走过来，她已经相当地老了，头发稀落灰白，脸皱得如一枚核桃，腿呈O形，腰也极度地弯下来。老太太或许是往另一条街的超市去买东西，路过了电线杆用手捶打着后背，她可能也累了，要坐在那石台上歇歇，才发现我在旁边坐着，又坚持着往前走了。我看着老太太走过了街道消失在了人群里，下决心要在城里寻到昔日的她。我不知走了多长时间，终于在一座楼前打问到了她的家，一个小伙子说：你是谁，我岳母上街去了，你等一会儿吧。我就蹲在那里吸烟，突然小伙子说回来了回来了，我往楼前的过道看去，走来的竟是我在电线杆下碰着的那个老太太。我哦了一声，一口痰憋在喉咙，猛地醒过来，原来我真的是做了一场梦，汗水差不多把衬衣全湿透了。

我怎么会做这样的梦呢？醒过来的我没有立即坐起来，再一次把梦回想了一遍。我对于梦的解释一直有两种，一种是预兆，一种是生命存在的另一个形态。那么，做这样的梦是什么意思呢？难道我现在如此痴迷于她，说那么多山盟海誓的话都不可靠吗？在三十年之后见到她连认都不认识吗？

到了第三天，小路却提供了一条消息，说他看了一份报纸，在安西有一座古堡遗址，相传是乾隆皇帝有一日做梦（竟然又是梦！），梦见了一处奇妙的地方，就让人全国寻找，后有人在安西某地发现了一处地貌与梦境酷似，乾隆便认定这是天意让他去新疆巡视的，于是要在那里修一座行宫。但是负责修建行宫的大臣却大肆贪污工程款，偷工减料，行宫修建好后，有人就举报了，乾隆大怒，遂下令将那大臣父子活剥了皮蒙鼓，大小两面鼓就挂在了城堡门口，每逢风日噗噗响动。

有这样的地方，当然惹起了我要去看看的欲望，心想可以此写一篇小说或一出剧的。安排的是当天夜里雇车就出发，参观完无论多晚都得第二天返回，但却在返回一个村子前，车子发生了故障，只好半夜投宿在那个村子的一户汉人家。说来也巧，这汉人的原籍竟是陕西，他的父亲是进疆部队就地复员的，他出生在新疆，而他的老婆则是上海当年来插队的知青。他们有一个女儿。女儿是他们的骄傲，一幅巨照就挂在东面的墙上，说她初中毕业后就去了西安，当过一段时装模特，后来在一个公司打工。当那汉人得知我们来自西安，便喋喋不休地问西安南大街那个叫什么春的面馆还在不在；南院门的葫芦头泡馍馆还在不在，他说他三十年没去过西安了。我们说城市大变样了，葫芦头泡馍馆还在，已经是座大楼了，南大街的面馆却没了踪迹，那条街全是高楼大厦。他便嘟囔着："那可是个好饭店，一条街上的面馆都没有辣子，只有那家有辣子！"就招呼我们吃酒。老郑因车出了毛病自感到他有责任，故主人敬他一杯，他必回敬一杯，再要代表我们各人再和主人干一杯，企图把气氛活跃起来，不想越喝越上瘾，喝得自控不住了。我一看这酒将会喝个没完没了，就推托牙疼起身要走——我不善应酬，也不喜应酬，一路上凡是自己不大情愿了就嚷道牙疼——老郑见状，也替我打圆场，让我先歇下，他们继续喝三吆四地喝下去，我就回了房间，获得了一件心爱之物。

　　房间是房东两口将他们的卧室专门腾出了给我的，墙上挂着一幅旧画：一个高古的凸肚瓶，瓶中插着一束秋菊。用笔粗犷，憨味十足，更绝的是旁边题有两句：旧瓶不厌徐娘老，犹有容光照紫霞。一下子钻进我眼里的是两个字，一个瓶，是我的名字中的一个音，一个娘，是她名字中的一个字。我确实是旧瓶子，她也确实不再年轻。很久以来，我每每想将我俩的名字嵌成诗或联，但终未成功，在这里竟有如此的一幅画和题词在等着我！（每个人来到世上绝不是无缘无故的，你到哪里，遇见何人，说了什么话，办了什么事，皆有定数，一般人只是不留意或留了意不去究竟罢了。）我立即产生了要得到这幅画的欲望，当下又去了客厅，询问房东那幅画的来历，大了胆地提出愿掏钱购买。房东说，那是一个朋友送的，你若看得上眼你拿走吧，我要给他钱，他不要，末了说：你真过意不去，到西安了，你关照关照我的女儿。递给我一个他女儿的手机号。（当我回到西安后，我是与他女儿联系上了，才知道他的女儿在市里最大的一家夜总会里做坐台小姐，我想对她说什么，却什么也终未说，从此再也没敢联系。）

车在第二天下午方修好，黎明前赶回到乌鲁木齐，当天的机票未能订购上，只好在原定日期的第三天飞往了兰州。提前到兰州的宗林和司机还不知我们发生了什么事，急得上了火，耳朵流出脓来。歇息了半天，第四天便往夏河县去。天已经是非常冷了，头一天兰州城里有了一场雨夹雪，在夜里虽晴了，风却刮得厉害，车一出城，路上的雪越走越白。我却困得要命，一直在车上打盹，脑袋叩在窗玻璃上起了一个包。夏河县城与我数年前来时没有丝毫变化，我们又住到了我曾经住过的宾馆。宾馆服务员正趴在服务台上看书，抬头看了我，似乎愣了一下，就把打开的书翻到了扉页，又看了我一下，微笑起来。我开始登记，她斜着眼看我写下了贾字，就说：果然是贾先生！小路说：是贾先生，叫贾老二。姑娘说：他不是贾平凹？小路说：贾平凹是他哥。姑娘就又翻书，拿起来，竟是我的一本散文集，扉页上有我的照片，原来她看的那本书里正有一篇关于五年前逛夏河的文章。我伏在那里翻看那篇文章，这令我有了一种特殊的感觉，当初的文章是这样写着：

　　昨晚竟然下了小雨，什么时候下的，什么时候又住的，一概不知道。玻璃上还未生出白雾，看得见那水泥街石上斑斑驳驳的白色和黑色，如日光下飘过的云影。街店板门都还未开，但已经有稀稀落落的人走过，那是一只脚，大概是右脚，我注意着的时候，鞋尖已走出玻璃，鞋后跟磨损得一边高一边低。

知道是个丁字路口，但现在只是个三角处，路灯杆下蹲着一个妇女。她的衣裤鞋袜一个颜色的黑，却是白帽，身边放着一个矮凳，矮凳上的筐里没有覆盖，是白的蒸馍。已经蹲得很久了，没有卖去，她也不吆喝，甚至动也不动。

一辆三轮车从左往右骑，往左可以下坡到河边，这三轮车就蹬得十分费劲。骑车人是拉卜楞寺的喇嘛，或许是拉卜楞寺里的佛学院的学生，光了头，穿着红袍。昨日中午在集市上见到了许多这样装束的年轻人，但都是双手藏在肩上披裹着的红衣里。这一个双手持了车把，精赤赤的半个胳膊露出来，胳膊上没毛，也不粗壮。他的胸前始终有一团热气，白乳色的，像一个不即不离的球。

终于对面的杂货铺开门了，铺主蓬头垢面地往台阶上搬瓷罐，搬扫帚，搬一筐红枣，搬卫生纸，搬草绳，草绳捆上有一个用多色玉石装饰了脸面的盘角羊头，挂在了墙上，又进屋去搬……一个长身女人，是铺主的老婆吧，头上插着一柄红塑料梳子，领袖未扣，一边用牙刷在口里搓洗，一边扭了头看搬出的价格牌，想说什么，没有说，过去用脚揩掉了"红糖每斤四元"的"四"字，铺主发了一会儿呆，结果还是进屋取了粉笔，补写下"五"，写得太细，又描写了一遍。

从上往下走来的是三个洋人，洋人短袖短裤，肉色赤红，有醉酒的颜色，蓝眼睛四处张望。一张软不塌塌塑料袋儿在路沟沿上潮着，那个女洋人弯下腰看袋儿上的什么字，样子很像一匹马。三个洋人站在了杂货铺前往里看，铺主在微笑着，拿一个依然镶着玉石的人头骨做成的碗比画，洋人摆着手。

一个妇人匆匆从卖蒸馍人后边的胡同闪出来，转过三角，走到了洋人身后。妇女是藏民，穿一件厚墩墩的袍，戴银灰色呢绒帽，身子很粗，前袍一角撩起，露出红的里子，袍的下摆压有绿布边儿，半个肩头露出来，里边是白衬衣，袍子似乎随时要溜下去。紧跟着是她的孩子，孩子老撵不上，踩了母亲穿着的运动鞋带儿，母子节奏就不协调了。孩子看了母亲一下，继续走，又踩了带儿，步伐又乱了，母亲咕哝着什么，弯腰系带儿，这时身子就出了玻璃，后腰处系着的红腰带结就拖拉在地上。

世上不走的路也要走三遍，当年离开夏河，我是怎么也想不到还会有再回来的今天。奇妙的是这一次居住的竟就在上一次居住过的房间。我站在玻璃窗前，看到的几乎与五年前相差无几，只是一个是早晨，一个是下午罢了。我拍了拍床，这床是曾睡过我的，那时同眠的是×，现在我却为了她来，世事真是如梦幻一般不可思议。

佛石被摆在了桌上，燃上了一炷香，我就拨她的电话。手机没有开通。驱车满县城去找，转了几个来回，把她可能去的地方都去了，还是没有，我们就分头去各家旅社、宾馆、客栈和旅游点的毡房去找，整整到了半夜，回到宾馆，大家见面都是耸耸肩，摇摇头。莫非她压根儿就没来，或许她来过已经走了？！

女人是不能宠惯的，小路发出感慨；而宗林得出的结论是：你瞧这累不累？！

我能说什么呢，我只好宣布不要再找了。第二天我们参观完拉卜楞寺，我突然感觉应该再去一下牧场，那里有大块草原，草原上有马——一提起马我就情不自禁——咱们再看看马吧。但在牧场，我没有去骑马，而坐在了一个杂货摊点上和摊主拉话。拉着拉着心里跳了一下，便认定她是来过了夏河，而且来过了牧场，我说：这几天来过一个女人吗？高个，长发。摊主问是不是开着小车，像个外国人，走路大踏步的。我立即说是的是的，她来过了？！摊主说，来过，骑了一个上午的马，她说她是从未骑过马的，但她不要导游在上马时扶她，更不要牵着，骑了马就在草原上奔跑，像是牧人的女儿！我问她人现在哪儿，回答是：这谁知道，她是向我打问过貂蝉的故乡，我说貂蝉是临洮人，在潘家集乡的貂儿崖村。我再问她你们还说了些什么，摊主说：问她买一件皮帽子吧，你戴上这皮帽一定漂亮，她说我这长发不漂亮吗，这可是为一个人专门留的长发！就走了。我怅然若失，摊主却不会说话，说了一句：她是你的女儿？这话让我丧气，我恨恨地瞪了一眼，脑子却清醒了：我是老了！但是，我真的是老了吗？

我们的车往回返，经过了临洮。我没有说出去找那貂儿崖。望着车窗外冰天雪地，作想着貂儿崖的那个貂蝉。在陕西，人们一直认为貂蝉是陕北米脂人，在甘肃，却认为貂蝉是临洮的，但是，甘肃人采取了模糊说法，说貂蝉的生身父母无人知晓，八岁上被临洮的一个樵夫收养，长大后心灵手巧，又唱得一口"花儿"，因此名扬四方。一强盗就把她抢去，貂蝉用酒灌醉了强盗逃走，被巡夜的哨兵相救，送到狄道县做了县令的侍女。再后，县令在一次士兵哗变中被杀，她随县令夫人王氏去长安投奔其族叔司徒王允，又被王允收为义女。又再后，王允与人合谋，以她作饵，使用美人计杀死了董卓。这个中国历史上著名的美人，曾经以美丽和智慧结束了一个时代，可她最后是被关羽杀掉了，至今并不会在故乡留下什么塔楼庙台。她为什么会去貂儿崖呢，是倾慕了貂蝉的绝世之美希冀自己更美丽呢，还是感叹美丽和聪明使女人往往命运不济？

来到了临洮县城，在河岸上，我们有幸看到了天下最奇绝的洮河冰珠：河面上一团团一簇簇冰珠，冰珠晶莹圆润，玲珑剔透，酷似珍珠，而且沙沙作响。我们惊呼着停车，全跑到了河边，我捧起一掬，爱怜不已，就用嘴去吞，竟冰凉爽口，未曾咬动便滑入喉下。我们谁也不知道这是怎么回事，河水里会有冰珠？岸边的一个老头一直在看着我们，过来说，洮河上游有九甸峡、野狐峡、海巅峡，峡窄谷深，水流很急，加之落差又大，腾空飞溅的浪花、水珠因受奇寒立即凝为冰珠降落水面，这样，水流经过的深山峡谷多了，河面上就形成了一层冰珠。但是，老头说，民间却一直流传着一个故事，说是有位少女爱上了一个山里的少年，两人相约在山岩上相会，正谈得兴浓，少年不小心拉散了少女的项链，颗颗珍珠落入洮河，少年着了急，便一跃跳入河中去捞，怎奈水流太急，葬身河中。少女悲痛至极，也就把剩下的珍珠全倒入洮河，自己也跳河自尽了。这一对情人到了天上，玉帝念他们心诚，封了降珠仙女和仙童，从此洮河上面就有了流不完的"珍珠"。

"我宁肯相信传说！"我说，抬起头来，河对岸的路上一辆小车正缓缓开过，在开到那座桥上的时候，车停了，车里走下了一个人来，拿着相机对着河面拍照。我顿时张大了嘴呆在那里，然后双腿发软，跪在地上。我那时的动作是头颅仰天，双手高举，感谢着上天的神灵。庆仁见状，不知我怎么啦，我把他抱住，憋了半天，终于说：庆仁，你瞧瞧那是谁？那是谁?！

满河满沿的水往下流，冰珠层越来越厚，沙沙和铮铮的响声轰天震地，我听见庆仁叫了一声：我的天呀！

草于二〇〇〇年十二月十四日

改于二〇〇一年二月二日

定西笔记

　　哎哗啦啦，祥——云起呃，呼雷儿——电——闪。一——霎时呃，我——过——了呃——万水——千山。

　　这是我在唱秦腔。陕西人把起念作且，把响雷叫呼雷儿，把万水又发音成万费。同车的小吴也跟着我唱。秦腔是陕西人的戏，却广泛流行于甘肃、宁夏、青海、新疆，小吴是甘肃定西的，他竟然唱得比我还蛮实。

　　亏了有这个小吴当向导，我们已经在定西地区的县镇上行走十多天了。看见过山中一座小寺门口有个牌子，写着："天亮开门，天黑关门。"我们这次行走也是这般老实和自在，白天了，就驾车出发，哪儿有路，便跟着路走，风去哪儿，便去哪儿；晚上了就回城镇歇下，一切都没有目的，一切都随心所欲。当我们在车上尽情热闹的时候，车子也极度兴奋，它在西安城里跟随了

178

我六年，一直哑巴着，我担心着它已经不会说话了，谁知这一路喇叭不断，像是疯了似的喊叫。

在我的认识里，中国是有三块地方很值得行走的，一是山西的运城和临汾一带，二是陕西的韩城合阳朝邑一带，再就是甘肃陇右了。这三块地方历史悠久，文化纯厚，都是国家的大德之域，其德刚健而文明，却同样的命运是它们都长期以来被国人忽略甚至遗忘。现代的经济发展遮蔽了它们曾经的光荣，人们无限向往着东南沿海地区的繁华，追逐那些新兴的旅游胜地的奇异，很少有人再肯光顾这三块地方，去了解别一样的地理环境，和别一样的人的生存状态。

我是从农村走出来的，生命里或许有着贫贱的基因吧，我喜欢着这几块地方，陕西韩城合阳朝邑一带曾无数次去过，运城临汾走了三次，陇右也是去过的，遗憾的只是在天水附近，而天水再往北，仅仅为别的事专程到过一县。已经是很久很久了，我再没有离开西安，每天都似乎忙忙碌碌，忙碌完了却觉得毫无意义，杂事如同手机，烦死了它，又离不开它，被它控制，日子就这么在无聊和不满无聊的苦闷中一天天过去。二〇一〇年十月的一天，我去一个朋友家做客，那是个大家庭，四世同堂，他们都在说着笑着观看电视里的娱乐节目，我瞅见朋友的奶奶却一个人坐在玻璃窗下晒太阳。老奶奶鹤首鸡皮，嘴里并没有吃东西，但一直嚅嚅蠕动着，她可能看不懂电视里的内容，孩子们也没有话要和她说，她看着窗台上的猫打盹了，她开始打盹，一个上午就都在打盹。老太太在打盹里等待着开饭吗？或许在打盹里等待着死亡慢慢到来？那一刻中，我突然便萌生了这次行走的计划。

我对朋友说：咱驾车去陇右吧！

朋友说：你不是去过吗？

我说：咱从天水往北走，到定西去！

朋友说：定西？那是苦焦的地方，你说去定西？

我说：去不去？

朋友说：那就陪你吧。

说走就走，当天晚上我们便收拾行囊。一切都收拾停当了，我为"行走"二字笑了。过去有"上书房行走"之说，那不是个官衔，是一种资格和权力，可也仅仅能到皇帝的书房走动罢了，而我真好，竟可以愿意到哪儿就到哪儿了。

但是，我并不知道这次到定西地区大面积的行走要干什么，以前去了天水和定西的某个县，任务很明确，也曾经豪情满怀，给人夸耀：一座秦岭，西起定西岷县，东到陕西商州，我是沿山走的，走过了横分中国南北的最大的龙脊；一条渭河，源头在定西渭源，入黄河处是陕西潼关，我是溯河走的，走的是最能代表中国文明的血脉啊！可这次，却和以前不一样了，它是偶然就决定的，决定得连我也有些惊讶：先秦是从这里东进到陕建立了大秦帝国，我是要来寻根，领略先人的那一份荣耀吗？好像不是。

是收集素材，为下一部长篇做准备吗？好像也不是。我在一本古书上读过这样的一句话，"纯粹而不杂，静一而不变，淡然无为，动而以天行，谓之养神"，那么，我是该养养神了，以行走来养神，换句话说，或者是来换换脑子，或者是来接接地气啊。

后半夜里进的定西城，定西城里差不多熄了灯火，空空的街道上有人喝醉了酒，拿脚在踢路灯杆。他是一个路灯杆接着一个路灯杆地踢，最后可能是踢疼了脚，坐在地上，任凭我们的车怎样按喇叭他也不起。打问哪儿有旅馆，他哇里哇啦，舌头在嘴里乱搅着，拿手指天。天上是一弯细月，细得像古时妇女头上的银簪。

天明出城，原来城是从山窝子里长出来的么，当然也同任何地方的城一样，是水泥城，但定西城的颜色和周围的环境反差并不大，只显得有些突然。

哎呀，到处都是山呀，已经开车走了几个小时了还在山上。这里的山怎么这般的模样呢，像是全俯着身子趴下去，没有了山头。每一道梁，大梁和小梁，都是黄褐色，又都是由上而下开裂着沟渠壑缝，开裂得又那么有秩序，高塬地皮原来有着一张褶皱的脸啊，这脸还一直在笑着。

看不到树，也没有石头，坡坎上时不时开着一种花，是野棉花，白得这儿一簇，那儿几点，感觉是从天上稀里哗啦掉下来了云疙瘩。

其实天上的云很少。

再走，再走，梁下多起来了带状的塬地，塬地却往往残缺，偶尔在那残缺处终于看到一庄子树了，猥琐的槐树或榆树的，那就是村庄。村庄里有狗咬，一条狗咬了，全村庄所有的狗都在咬，轰轰隆隆，如雷滚过。村庄后是一台台梯田，一直铺延到梁畔来，田里已经秋收，掰掉了苞谷穗子，只剩下一片苞谷秆子，早晨的霜太厚，秆子上的叶都蔫着，风吹着也不发出响来。

后来，太阳出来了，定西的太阳和别的地方的太阳不一样，特别有光，光得远处的山、沟、峁和村庄，短时间里都处在了一片恍惚之中。下车拍一张照片吧，立在太阳没照到的地方，冷是那空气里满是刀子，要割下鼻子和耳朵，但只要一站在太阳底下，立即又暖和了。对面圪梁梁上好像站着了一个人，光在身后晕出一片红，身子似乎都要透明了。喊一声过去，声在沟的上空就散了节奏，没了节奏话便成了风，他也喊一声过来，过来的也是风，相互摇摇手，小吴说他要唱呀，小吴学会了我教的那几句秦腔，他却唱开了花儿：

叫——你把我——想倒了哈，骨头哈——想成——干草了哈，走呢——走——呢，越远了。不来哈——是由不得——我了哈。

车不能停，猛地一停，车后边追我们的尘土就扑到车前，立即生出一堆蘑菇云。蘑菇云好容易散了，路边突然有着三间瓦房。前不着村，后不靠店的，怎么就有了三间瓦房，一坌六个旧轮胎放在那里，提示着这是为过往车辆补胎充气的。但没有人，屋门敞开，敞开的屋门是一洼黑的洞。一只白狗见了我们不理睬，往门洞里走，走进去也成了黑狗，黑得不见了。瓦房顶上好像扔着些绳子，那不是绳咯，是干枯了的葫芦蔓，檐角上还吊着一个葫芦。瓦房的左边有着一堆土，土堆上插了个木牌，上面写着一个字：男。路对面的土崖下，土块子垒起一截墙，二尺高的，上面放着一页瓦，瓦上也写了一个字：女。想了想，这是给补胎充气人提供的厕所么。

从山梁上往沟道去，左一拐，右一拐，路就考司机了，车倒没事，人却摇得要散架，好的是路边有了柳。从没见过这么粗的柳呀，路东边三棵，路西边四棵，都是瓮壮的桩，桩上聚一簇细腰条子。小吴说，这是左公柳，当年左宗棠征西，沿途就栽这样的柳，可惜见过这七棵，再也没眼福了。但路边却有了一个村子，村口站着一个老者。

老者的相貌高古，让我们疑惑，是不是古人。在定西常能见到这种高古的人，但他们多不愿和生人说话，只是一笑，而且无声，立即就走掉了。这老者也是，明明看见我们要来村子，他就进了巷道，再也没有踪影了。

巷道很窄，还坑坑洼洼不平整，巷道怎么能是这样呢，不要说架子车拉不过去，黑来走路也得把人绊倒。两边的房子也都是土坯墙，是缺少木料的缘故吧，盖得又低又小。想进一些人家里去，看看是不是一进屋门就是大炕，可差不多的院门都挂了锁，即便没锁的，又全关着，怎么拍门环也不见开。

忽地一群麻雀落下来，在巷道里碎声乱吵，忽地再飞走起，像一大片的麻布在空中飘。

当拐进另一条巷道，终于发现了一户院门掩着，门口左右摆着两块石头，这石头算作是守门狮吗？推门进去，院子里却好大呀，坐着一个老婆子给一个小女娃梳头，捏住了一个什么东西，正骂着让小女娃看，见我们突然进来，忙说：啊达的？我说：定西城里的。她说：噢，怪冷的，晒哈。忙把手里的东西扔了，起来进屋给我们搬凳子。我的朋友问小女娃：你婆在你头上捏了个啥？我还以为是虱哩！司机作怪，偏在地上瞅，瞅着了，说：咦，我还以为不是虱哩！小女娃一直噘着嘴，蛮俊的，颧骨上有两团红。

我们并没有坐在那里晒太阳，院里屋里都转着看了，没话找话地和老婆子说。老婆子的脸非常小，慢慢话就多起来，说她家的房子三十年了，打前年就想修，但椽瓦钱不够，儿子儿媳便到西安打工去了，家里剩下她和死老汉带着孙女。说孙女啥都好，让她疼爱得就像从地里刨出了颗胖土豆，只是病多，三天两头不是咳嗽就是肚子疼，所以死老汉一早去西沟岔行门户，没带这碎仔仔，碎仔仔和她置气哈。她说着的时候，小女娃还是噘着嘴，她就在怀里掏，掏了半天掏出一颗糖，往小女娃嘴里一塞，说：笑一哈。小女娃没有笑，我们倒笑了，问这村里怎么没人呀。她说：是人少了，年轻的都到城里讨生活了，还有老人娃娃们呀！我说：院门都锁着或关着，叫着也没人开。她说：没事么？我说：没事，去看看。她说：那有啥看的？我说：照照相么。老婆子立马让我给她和孙女照，然后领着我们在村里敲那些关着院门的人家，嚷嚷：开门，开门哈菊娃！院门拉开了一个缝，里边的说：阿婆，啥事？老婆子说：你尿呀，城里人给你照相呀不开门？门却哐地又关严了，里边说：呀呀，让我先洗洗脸哈！

我们先后进了七户人家，家家的院子都大，院墙上全架着苞谷棒子，太阳一照，黄灿灿的。我们说一句：日子好么。主人家的男人在的，男人都会说：好么，好么。他们言语短，手脚无措，总是过去再摸摸苞谷棒子，还抠下一颗在嘴里嚼，然后憨厚地笑。院子里有猪圈，白猪黑猪的，不是哼哼着讨吃，就是吃饱了躺着不动。有鸡，鸡不是散养的，都在鸡舍，鸡舍却是铁丝编的笼，前边只开一个口儿装了食槽，十几个鸡头就伸出来，它们永远在吃，一俯一仰，俯俯仰仰，像是弹着钢琴上的键，又像是不停点地叩拜。狗和猫是自由的，因为它们能在固定的地方拉屎尿尿，但狗并不忠于职守，我们去后，刚叫一下，主人说：嗨！

185

就不吭声了，蹲在那里专注起猫，猫在厨房顶上来回地走，悠闲而威严。就在男人领着我们到堂屋和厨房去转着看的时候，女人总是在那里不停地收拾，其实院子已经很干净了，而屋里的柜盖呀，桌面呀，窗台呀，擦得起了光亮，尤其是厨房，剩下的一棵葱，切成段儿放在盘子里，油瓶在木橛子上挂着，洗了的碗一个一个反扣着在桌板上，还苫了白布。到了柴棚门口，女人说：候一会儿，乱得很！我们说：柴棚里就是乱的地方么！进去后，竟然墙上挂的，地上放的，是各种各样的农具，锄呀，锨呀，镰呀，镢是板镢和牙子镢，犁是犁杖，套绳和铧，还有耱子、耙子、连枷、筛子、笼头、暗眼、草帘子、磨杠子、木墩子，切草料的铡子，打胡基（土坯）的杵子，用布条缠了沿的背篓、笸篮、簸箕、圆笼。女人用筐子装了些料要往柴棚后的那个草庵去，草庵里竟然有毛驴，毛驴总想和我们说话，可说了半天，也就是昂哇昂哇一句话。

我们和老婆子走出了第七户院子，老婆子家的狗就在院门口候着，老婆子喜欢地说：接我啦？抱起了狗，狗的尾巴就摇摆得像风中的旗。

出了村子，我的情绪依然很高，对朋友说：这才是农村的味啊！

朋友觉得莫名其妙，说：咹？

我说：什么东西就应该是什么味呀，就像羊肉没了膻味那还算羊肉吗？

朋友说：你这人就怪了，刚进村嫌巷道太窄，嫌房盖得太矮，转了一圈又说这好那好，农村就该是这个味，这不自相矛盾吗？

朋友的话一下子把我噎住了。

我是上个世纪七十年代从农村到西安的，几十年里，每当看到那些粗笨的农具，那些怪脾气的牲口，闻到那些呛人的炕灶烟味，甚至见到巷道里的瓦砾、柴草和散落的牛粪狗屎，就产生出一种兴奋来，也以此来认同我的故乡，希望着农村永远就是这样子。但是，我去过江浙的农村，那里已经没一点农村的影子了，即使在陕西，经过十村九庄再也看不到一头牛了，而在这里，农具还这么多，牲畜还这么多，农事保持得如此地完整和有秩序！但我也明白我所认同的这种状态代表了落后和贫穷，只能改变它，甚至消亡它，才是中国农村走向富强的出路啊。

我半天再没有说话，天上那一大片麻布又出现了，突然间成百只山麻雀就落在村口到车的那段路面上，它们仍是碎声乱吵，吵得人头痛。

还是黄土梁，还是黄土梁上的路，但今天的路比昨天的窄，窄得一有会车一方就得先停下来。好的是已经半天了，只有我们这辆车，嚷嚷：这是咱们的专道么！可刚转过一道弯，前边就走着了一个牛车。

不会吧，怎么会有牛车？就是牛车。

车是四个轮子上一面大的木板，没帮没栏，前边横着一根长杠，两头牛，牛都老了，头大身子短。牛车上坐着一个人，光着头，耳朵却戴了个毛烘烘的耳套，猜想是招风耳。

吆车人当然知道一辆小汽车在后边，便把牛车往路边赶。牛似乎不配合，扯一回缰绳挪一步，再扯一回缰绳再挪一步。旁边村庄有拾粪的过来了，吆车人骂了一句：妈的×！一个轮子终于碾到路边的水渠沟，牛车便四十度地斜了。

我不让司机按喇叭，也不让超，小心牛车翻了。小吴说：没事，二牛抬杠翻不了。

车超过去了，听到牛响响地打了个喷嚏，还听到拾粪的说：汽车能屙粪就好了。

公路经过一个镇子，镇子上正逢集，公路也就是了街道，两旁摆满了五颜六色的日常百货，还有苞谷土豆、瓜果蔬菜，还有牲畜和农具，也还有了油条摊子、醪糟锅子。人就在中间拥成了疙瘩。这场面在任何农村都见过，却这时我想着了：常常有蚂蚁莫名其妙地聚了堆，那一定是蚂蚁集。集上的人大多都是平脸黑棉袄，也有耸鼻深目高颧骨的，戴着白帽。黑与白的颜色里偶尔又有了红，是那些年轻女子的羽绒服，她们爱并排横着走，不停地有东西吃，嘎嘎嘎笑。

我们的车在人窝里挪不动，喇叭响着，有人让路，有人就是不让。小吴头从车窗伸出去喊：耳朵聋啦？县长的车！我看见有人撅着屁股在那里挑选笊篱，回过头看了看，又在挑选笊篱，还把一把鼻涕顺手抹在了车上，忙按住了小吴，把车窗摇起，说那么多人走着，咱坐在车上，已经特殊了，不敢提自己是领导或警察，这人稠广众中领导和警察是另一类的弱势群体。于是，我们都下了车也去逛集，让司机慢慢把车开到镇东头，然后在那里会合。

我们去问人家的苞谷价小麦价，价钱比陕西的要高，陕西的蒜和生姜涨价了，这里的倒便宜。感兴趣的是那些荞面，竟然都是苦荞面，一袋一袋摆了那么多，问为什么叫苦荞面，是因为荞麦产量少，收获起来辛苦，就如要在农民二字前边加个苦字的意思吗？他们七嘴八舌地就讲苦荞面不同于荞面，苦荞面味苦，保健作用却强，吃了能防癌，能降血糖，能软化血管，但血脂高的人不能久吃，吃多了血就成清水了。他们说着就动手称了一袋，而且开始算账。我们忙说：不要称不要称，只是问问。他们就生气了：不买你让我们说这么多？脸色难看，似乎还骂了一句。骂的是土话，幸亏我们听不懂，就权当他们没骂，赶紧走开，去给那个吃羊杂汤的人照相了。吃羊杂汤的是个老汉，就蹲在卖羊杂汤的锅旁边，他吃得响声很大，帽子都摘了，头上冒热气，对于我们拍照不在意，还摆了个姿势。可把镜头对准了另一个人，那人说：不要拍！我们就不拍了。那人是提了个饭盒买羊杂汤的。饭盒提走了，摊主说：那是镇政府的。

去卖牲口的那儿给牲口拍照吧，牲口有牛有驴有羊和猪，牲口的表情各种各样，有高兴的，有不高兴的，高兴的可能是早已不满意了主人，巴不得另择新家，不高兴的是知道主人要卖掉它呀，尤其是那些猪，额颅上皱出一盘绳的纹，气得在那里又屙又尿。买卖牲口，当然和陕西关中的风俗一样，买者和卖者撩起衣襟，两只手在下面捏码子。这些没啥稀罕的，就去了萝卜和白菜的摊位上。那个卖胡萝卜的，手指头也冻得像胡萝卜，见了我们，小眼睛一眨一眨，殷勤起来，说：买了土鸡蛋了吗？我们说：没买。他说：不要买，要买到村里去买，前边那几笼鸡蛋说是土鸡蛋，其实不是土鸡蛋。想要买土鸡吗？买土布吗？我们说：你咋老说土东西？他说：你们这穿着一看就是城里人么，城里人怪呀，找老婆要洋气的，穿衣服要洋气的，啥都要洋气哩，吃东西却要土的！我们哈哈大笑，旁边卖豆腐的小伙子一直看我们，后来就蹭了过来，小声说：收彩陶吗？我有马家窑的，绝对保真！我说：好好卖你的豆腐！就去了一个卖鞋垫的地摊上挑拣鞋垫。鞋垫都是手工纳的，上边纳着有人的头像和各类花的图案，小吴建议我买那有人头像的，说：这是小人，把小人踩在脚下，就没人扰伤！我选了双有牡丹花的，因为花中还纳有字，一个写着"爱你终生"，一个写着"伴你一世"。

集市靠北的一个巷口，人围了一堆在唱歌，以为是县剧团的下乡演出，或是谁家过红白事请了龟兹班，近去看了，原来是唱花儿，一个能唱花儿的歌手被人怂恿着：亮一段吧，亮一段吧。歌手也是唱花儿有瘾，也是歌手生来是人来疯，人多一起哄，就唱起来了。一个人一唱，人窝里又有人喉咙痒，三个五个就跳出来一伙唱了。这集上的人说话我听得懂，一唱花儿就不知道唱的什么词了。让小吴翻译，小吴说：唱的是《太平年》，一个鸟儿一个头，两只眼睛明炯炯，两只嘛黄爪儿，就墙头站哦太平年，一撮撮尾巴，落后头哦就年太平。

两个小时后，我们和司机在镇东头的柳树下会合。柳树后的土塄坎上，一头牛在那里啃吃着野酸枣刺。我的朋友奇怪牛吃那刺不嫌扎呀。我说你城里人不懂，我故乡有顺口溜，就是：人吃辣子图辣哩，牛吃刺子图扎哩。这时候，手机来了信息，竟是：对联，爱你终生，伴你一世。我说：啊，这和我买的鞋垫上的话一样么！司机却在远处说：往下看！我再把这信息往下翻，竟是：横批，发错人了。

据说鸠摩罗什去中原时在天水和定西住过一段时间，所以这里的寺庙就多。去漳县的路上，看到一座孤零零的又高又陡的土崖，土崖上有一个古庙。

191

感到不解的是：黄土高原上水土容易流失，这土崖怎么几百年不曾坍塌？那么险峻的，路细得像甩上去的绳，咋能就在上边造了庙？

朋友说他去过陕北佳县的白云观，也是造在山顶上，当地人讲，建造的时候砖瓦人运不上去，让羊运，把各村的羊都吆来，一只羊身上捆两块砖或四页瓦，羊就轻而易举地把砖瓦驮上山了。这土崖上的古庙也是羊驮上去的砖瓦吗？不晓得，可这土崖立楞楞的，是羊也站不住啊！

土崖不远处有个几十户的小村，村里却有一个戏楼。戏楼上有四个大字，从左到右念是：响过行云。从右到左念是：云行过响。从左从右念过三遍，到底没弄明白怎么念着正确。

进村去吃午饭，村民很好客，竟有三四个人都让到他们家去，后来一个人就对一个老汉说：我家里兰州的，他家是北京的，你家是西安的，西安来的客人就到你家吧。我们觉得奇怪，怎么是兰州的北京的西安的。到了老汉家，老汉才说了缘故，原来这村里大学生多，有在兰州上大学的，有在北京上大学的，他家的儿子在西安上过大学。我们就感叹这么偏僻的小村里竟然还出了这么多大学生。老汉说：娃娃都刻苦，庙里神也灵。我问：是前边土崖上庙里的神吗？他说：每年高考，去庙里的人多得很，神知道我们这儿苦焦，给娃娃剥农民皮哩。我夸他比喻得好，老汉便咻咻地笑，他少了一颗门牙，笑着就漏气。可是，当我问起他儿子毕业后分配在西安的什么单位，他的脸苦愁了，说在西安上学的先后有五个娃，有一个考上了公务员，四个还没单位，在晃荡哩，他儿子就是其中一个。县上已经答应这些娃娃一回来就安排工作，但娃娃就是不回来。供养了二十年，只说要享娃娃的福了，至今没用过娃娃一分钱，也不指望花娃娃的钱，可年龄一天天大了，这么晃荡着咋能娶上媳妇呢？老汉的话使我们都哑巴了，不知道该给他说什么好，就尴尬地立在那里。还是老汉说了话：不说了，不说了，或许咱们说话这阵，我娃寻下工作了，吃饭，吃饭！

这一顿饭吃得没滋味。

离开老汉家的时候，巷道里有五个孩子背着书包跑了过去，这是去上学的，学校离这个村可能还远。小吴说：这五个学生里说不定也出几个大学生哩！而我却想到另一件事：越是贫困的农村越是拼死拼活地供养着孩子们上大学，终于有了大学生，它耗尽了一个家，也耗尽了一个地方，而大学生百分之九十再不回到当地，一年一年，一批一批，农村的人才、财物就这样被掏空着，再掏空着……

又经过了戏楼，戏楼下的一排碌墙上坐着几个人在晒太阳，一杆旱烟锅，你吃完一锅子了，装了烟来轮到我吃，我吃完一锅子了装了烟来再轮给他吃，烟锅嘴子水淋淋的。听见他们在说马，说马是世上最倒霉最没出息的动物，它和驴交配，生下孩子却不像它，也不叫它的姓氏。

朋友悄声问我：那马和驴的孩子是啥？

我说：是骡子！

第五天的那个中午，本来可以在一个有桥的镇子上吃饭，司机说到下一个村子吃饭吧，但再没遇到村子，大家就饥肠辘辘，看太阳像一摊蛋饼贴在天上，蛋饼掉下来多好，而蛋饼似乎一直在对面那条梁的上空，即便能掉下来，也掉不到我们这边来。车继续往前开，转过一个斜弯子，一个人便在那一片掰了苞谷棒的秆子里，突然发现那个人是俩脑袋。车是一闪而过的，朋友和小吴坐在后座并没在意，我在副驾驶座上却听见了风里的说话：把舌头给我！舌头给我！司机说：咦，人吃人哩！扭头要看，我说：看你的路！司机笑了，却说他肚子寡了，想吃羊。

司机得知要来定西，他就说过：这下可以放开肚皮吃羊肉了。在他的意识里，黄土高原上是走到哪儿都会有羊肉吃的，可十多天里，我们没有吃到羊肉，甚至所到之处也没见到放羊的，难道这里就压根儿没羊？

同车的还有一个当地抱养娃娃的妇女，她是半路上搭的我们的车，她说：黄土梁上不爱惦羊咯。

羊谁不爱惦呀，人爱惦着，豹子和狼也爱惦着，怎么是黄土山梁就不爱惦呢？

妇女说：羊是山梁上的虱咯。

我一时没醒开她的话，问是政府禁止放羊了？她说是不让放了，都圈养的。我终于明白了，羊在山梁上吃草总是掘根，容易破坏植被，水土流失，人身上如果有一两个虱子，人就变形，浑身的不舒服，山梁上有了吃草的羊，羊也就是山梁上的虱子了。这妇女比喻得这么好，我就感叹起来，但我不能夸她，便夸她怀里的孩子精灵！妇女说：是精灵，别的娃娃出生七天才睁眼，这娃娃一落下草就瞅灯！

在定安、陇西、通渭，甚或渭源，经过了多少村庄，村庄里走进多少人家，说得最多的就是太阳和水。太阳高挂在天上，水在地上流动，这里的人想着办法要把它们捉到家来，这就是太阳灶和水窖。

地处高原，冬天里那个冷真是冷得酷，酷冷，尤其一有风，半空里就像飞着无数的刀子。竟然石头也能咬手，你只要摸一下石头，手能脱一层皮。人就盼着太阳出来，太阳一出来，老的少的，甚或猫呀狗呀都不在屋里待，全要晒暖暖。青藏高原的上空云是美丽的，赠你一朵云吧，藏人就制作出了哈达。而定西的冬天里太阳是最好的东西，怎样能把太阳留在自家呢，太阳灶就在家家的院子里安装了。太阳灶其实很简单，只是一个像笸篮大的铁盘，里面嵌满了玻璃镜片，它就热烘烘起来，如果想要热水，只需在盘上伸出一个铁棍，棍头上绕出一个圈儿，放上一壶水，不大一会儿水就咕咕嘟嘟滚开了。夏日里，定西高原上多种有向日葵，向日葵一整天都是仰脸扭脖跟着太阳转，冬季里的太阳灶边，差不多都坐着人，男人们或喝茶说话，女人们或是做针线，常常是大人都去干别的活了，孩子们仍在那里的小木桌上做作业，脚下就是卧着的眼睛成了一条线的小猫小狗。

而水窖呢？

这里是极度缺水的，年降水量仅在四十毫米，而且集中在六月至九月，也就是下两三次雨。地方志讲，历史上的定西仍是富饶的，当年的伯夷叔齐不愿做皇，又耻食周粟，就是沿着渭河岸边的泽水密林到首阳山隐居的。天气的变化，使定西逐渐缺水而改变了地理环境。我曾写过一篇天气的文章，认为天气就是天意，天意要兴盛一个国家就风调雨顺五谷丰登，天意要灭亡一个王朝就连年干旱或洪水滔天，而天意要成就中国的黄土高原，定西便只有缺雨。黄土高原，曼延到陕西的北部，那里也是严重缺雨。我曾在铜川一些村子待过，眼见着村里人洗脸都是一瓢水在瓦盆里，瓦盆必须斜靠着墙根才能把水掬起来抹到脸上，一家大小排着洗，洗着洗着水就没了，最后的人只能用湿毛巾擦擦眼。如果瓦盆里还有水，那就积攒到大瓦盆里，积攒三四天，用来洗衣服，洗完了衣服沉淀了，清的喂鸡喂猪，浊的浇地里的蒜和葱。而三里五里，甚或十里的某一个沟底有了一眼泉，泉边都修个龙王庙，水细得像小孩在尿，来接水的桶、盆、缸、壶每天排十几米长的队。铜川缺水,铜川沟底里还偶尔有泉,定西的沟里绝对没有泉,在三月到九月的日子里,天上突然有了乌云,乌云从山梁那边过来,所有的人都举头向天上望,那真正是渴望,望见乌云变成各种形状,是山川模样,是动物模样,飘浮到头顶上了,却常常只掉下来几颗雨点就又什么都没有了。他们说:掉了一颗雨星子。这话没夸张,确实是一颗雨星子,这颗雨星子最好能砸着自己的脑袋,或者,能让自己眼瞧着砸在地上,哧地冒出一股土烟。

于是,定西人就创造了水窖。

在地头上,我们随时都能看到水窖,那是在下雨天将沟沟岔岔流下来的水引导储入的,这些水可以用来灌溉。定西的土地其实很老实,也乖,只要给灌溉一点儿水,苞谷棒子也就长得像牛犄角。而每户人家的吃呀喝呀洗呀涮呀的生活用水,则是在房前屋后建有水窖。水窖的大小和多少,是家庭富裕日子滋润的象征,这如城里人的住房和汽车一样。我打开过一户人家的水窖帮着汲水,那像打开了一个金银库,阳光从水房的窗子射进来,正好射在水面上,水呈放着光亮,光亮又返照在水房墙上,竟有了七彩的晕辉。我用瓢舀了一下,惊讶着水是那样清洁。主人说下雨时收了水到窖后,水是灰的浊的,要沉淀了,捞去水面上的树叶草末、鸡屎羊粪,这水就可以常年饮用了。我说:窖里的水是固定的死水,杂质即便沉淀后不是仍会生成一种臭味吗?他们说：黄土窖没味道。我说：黄土窖没味道？这就怪了！他们说：哈，就这么怪！

上天造物，它就要给物生存的理由和条件，在水边的吃水里的东西，在山上的吃山里的东西，如果定西缺水，做了水窖水又容易腐败，哪里还会有人去居住呢？

现在我已经完全知道怎样建水窖了。那是选好了平台，选平台当然要讲究风水，要选黄道吉日，要祭奠神灵，然后垂直往下挖，挖出一米宽五米深了，洞口便向外延伸，形成窖脖。再向下挖，挖八米，就是窖身。窖底一定得呈凸形。挖成的窖整个形状呈口小底大，就像是热水瓶的瓶胆。下来，技术含量就高了，得在窖身的四壁上钻孔，一排一排均匀地钻，钻出五十厘米深，这工作叫布麻眼。一个窖差不多要布三千个麻眼。接着，用和好的胶泥做成泥角或者泥饼，泥角钉进麻眼，泥饼贴在麻眼外露出的泥角端，泥饼一个挨着一个地镶嵌，就像是铠甲一样把窖身包裹起来。对了，胶泥特讲究，先把泥泡好，窝好，用锨搅好，用脚反复踩好，用镲刀背用力摔打好，直到将胶泥调和得如揉出的面团一样有了筋丝，能拉开又拽不断，才能使用。糊好了窖身，还得用木锤子捶打，一寸不留空地捶打，连续捶打上一个月，最后最后了，再用斧头脑儿又捶打一遍，这才是一个窖完工了。完工了的水窖都要在窖上盖个小水房，安置龙王神龛。窖有窖盖，盖上有锁，水房的也上锁，那是任何外人都不能随便去的地方。

别的地方的农民一生得完成三件大事，一是给儿女结婚，二是盖一院房子，三是为老人送终。定西的农民除了这三件大事，还多了一件，就是打水窖。

从山梁下来到了河川道，河川道也就是渭河川道，立马就有了树。如夏天的白雨不过犁沟一样，一道渭河，北岸黄土塬梁上光秃秃的，南岸就有树了，就这么决然。树当然还只是榆树、槐树、桐树、小叶子杨树，但只要有树，河南的人就瞧不起了河北的人，河北的女子能嫁到河南，那就是寻到好人家了。

一个叫半阴的村子，是在从塬上刚刚下来就遇到的村子，可以说，这算我见到树最多的村子了。树都不大，出地就分权，枝干好像有着亲情或是恋情与偷情，相互纠缠着往上长。从树中间钻不过去的，就蹴下来，看到的是黄宾虹的画，纷乱的模糊的一片黑色线条哈。再往远处看，更多的树，树中忽隐忽现着屋舍，全是些石灰搪抹过的墙，长的，方的，三角的，又是吴冠中的画了，白和黑的色块。村口有一条水渠，渠可能年久未修，废成小溪，里边竟然还有鱼，柳叶子细的鱼，如飘在空中，是柳宗元《小石潭记》中描写的那种。被水渠领着走过去，又一丛杂树中有一间木屋，还是个水磨坊呀。多少年里都没见到过这种水磨坊了，水磨坊里的一切陈设使我回忆起了我少年时在故乡当磨倌的情景。啊这吊起的石磨，上扇不动，下扇动，如有些人咬嚼和说话的模样，啊这筐篮，啊这落得灰尘变粗的电线，啊这圆木做成的窗子，窗上的蜘蛛网，啊这低低的随时可能碰着头的支梁。出了磨坊去看水轮，水轮静静地竖在那里，两边石壁上绿苔重重，而旁边则又是一片乱树，有一棵横卧过来，开满了白花，以为是野棉花，可野棉花怎么会长成树呢，近去看了，原来是毛柳，毛柳的絮竟有这么大这么白呀。

从水磨坊出来，走了几家，家家依然是养了驴、猪、狗、猫、鸡，这些动物都在门前土场上，见了我们就微笑，表情亲近，只有狗多话，汪汪了两句，见没人回应，也卧下来不动了。

首阳山，就是伯夷叔齐待过的那座山，山的名字多好，首先见到阳光的山呀。我们去看伯夷叔齐，伯夷叔齐就睡在两个墓堆里，这两个墓堆相距不远，墓堆上都有树。据说树上的鸟半夜里常说话，而从对面的山上往这边看，看到的是人形的首阳山怀抱了两个婴儿。

两个墓堆前有一个庙，庙右是一片黑松树林子，太阳还红着，它那儿就黑乎乎的；庙左的林子树杂，十月里树已落叶，一尺的苍灰线条里不时地有白道，白道往出跳，那是桦木。庙不大，塑着二位先贤的泥像，皆瘦骨嶙峋，还有一个更瘦的，是个看庙人，蓬头垢面，衣衫破旧，就住在庙右前的一间小屋里。小屋三年前着了火，屋顶坍了，现在上面苫了柴草还继续住，进去看看，黑得似夜，划了火柴才看清四壁被大火烧熏得如涂了漆，一床破被，一口铁锅，再无别的。问他这怎么生活呀，他好像不爱听，竟然领我又到庙里，我才发现庙后墙角还有一个小柜，他打开了，取出六包商店里常见的那种挂面，还有半口袋核桃，他说：这生活不好吗？

从庙里出来，顺着庙前的斜坡走下。斜坡是修了路，还铺着砖，但生满苔，苔虽发黑，仍湿滑得难以开步。

首阳山是当地政府做了旅游景点的，可能是来的人太少，我们一去，不远处的村人也就来看稀罕。问起那个看庙人怎么是那般形状，他们说那是个流浪汉，私自来这里要看庙的。并且说，村里人都在说这看庙人原是有家有舍的，为了什么冤枉事上访了几十年，家破人亡了还解决不了，就脑子出了毛病，也从此不上访了才来这里的。上访的事全国各地都有，已经有一种职业叫上访专业户，也还有了一种机构叫上访办，上访是现在基层政府最头痛的事啊。因此，大家就说起产生上访和上访难、难解决的各种原因，说着说着激愤了，就都在激愤，激愤世风日下。

我突然想，我们现在说起孔子的时代，认为孔子的时代不错吧，百花齐放，百家争鸣的，可孔子在当时也哀叹世风日下，要复周礼；而且，伯夷叔齐就是商末周初人，伯夷叔齐竟然也在说：今天下暗，周德衰。那么，最理想的世风是什么呢？人类是不是都不满意自己所处的社会呢？

以前真不知道定西地区还是中国西部中药材集中产地，更没有想到它还产盐，井盐的历史竟然比四川的自贡还要早。

在各县行走，但凡进到农户人家，差不多的屋子里、院子里都能看到在晒着药材，先是并没在意，后来到了岷县，城街上随处可见中药材货栈，问起是怎么回事，一位长着白胡子的老者说：你请我喝酒，我告诉你。我们那个下午就在酒馆里喝酒，老者就说起了岷县的历史，岷县之所以在这里设县城，是这里为中药材的集散地，岷县县城历来都叫作药城。乘着酒兴，老者竟领着我们去了商贸中心的那条街，那里有更多的宾馆和酒店，全住着从陕西、武汉、四川、河南、湖北来的药商，来拉货的车辆排着长队在那里等候。从商贸中心街出来，又到别的街上访问那些私人药铺和一些一两间门面挂着牌子的中医大夫，他们几乎都是在一边行医，一边收购，加工各种水蜜丸散。

我以前对中药材知之甚少，岷县使我们产生了浓厚的兴趣，就多住了一天，了解到岷县的中药材有二百五十多种，主要的是当归。当归人称"十方九归"，是中药里最常用的药材，也称为"妇科中的人参"，它属于伞形科三年草本植物，药用部分为根，根头称归首，分枝称归身，须根称归尾，加工出为原来归、常行归、道底归、箱归、胡首归。

这里的土地里没有什么矿藏，长庄稼不行，长果蔬不行，农民的日常花销，比如油盐酱醋，比如针头线脑，比如买种子、买农药、盖房、给儿子娶媳妇、送终老人，比如供孩子上学呀，一家大小生病进医院呀，除了出外打工赚钱外，如果在家里，那就得种当归。

从岷县回到定西城，我还在琢磨"当归"这个词，这么好的词怎么就用在一种药材上呢？查《药学辞典》，上边说：当归因能调气养血，使气血各有所归。《本草纲目》中说：为女人要药，有思夫之意，故有当归之名。《三国志·姜维传》里也有这样的故事，说姜维从诸葛亮后，与母分离，其母思儿心切，去信就写了两字：当归。如今，当归仍是苦东西，却让定西农民得到了甜头，当归，当归，真成了农家宽裕的归处。

说到盐的事，是我们在漳县才知道的。

那一天的太阳非常好，路过一个镇子，汽车出了毛病，司机停了车修理，我突然看见路边有一座庙，结构简陋，但庙台阶很高，一个老汉就坐在台阶上吃烟，见我走近，烟锅嘴儿在胳肢窝戳着擦了擦，递着说：吃呀不？我吃不了旱烟，倒递给他一根纸烟。他说：你那烟没劲咯。却接了，别在耳朵上。我问：这是娘娘庙还是龙王庙？他说：盐神庙。还有盐神庙呀，盐神是个什么样子？就进庙去看，庙里却并没有神像，竟当殿一个古盐井，旁边墙上画着熬盐的画，还有一篇祭文。

祭文是这样写的：漳有盐井，郡邑赖之。宝井汲玉，便民裕国。脉长卤浓，涌溢千年。今当疏浚，保其成功。盐井生民，感念神灵。

看来，这庙不应是盐神庙，是盐井庙，而且是先有盐井，后在盐井上盖的庙。我趴下看盐井，井壁已卤化如石，敲之像是敲磬，里边什么也看不清，只是幽幽地泛着光亮。

不看到这盐井，似乎就没想起过盐，因为每顿吃饭都放盐，盐是生活必需品，反倒疏忽它的重要性了，这如不停地呼吸，却并不觉得呼吸一样啊。我们便决定在镇子多待些日子，听听这里关于盐的故事。

这个镇子叫盐井镇，镇上人说：除了古老的两口盐井，即使是别的井，井水打出来做饭，也是从不再调盐的，如果把萝卜埋入水中一个月取出，切丝儿便是咸菜。这里的女人牙白，不用牙膏刷牙牙也白，而老年人没有老年斑。有一种盐是盐锅底裂缝时渗出的盐汁滴在火上成盐晶，盐晶一层层叠摞成人形的，叫盐娃娃，盐娃娃对腹胀胃病有神奇疗效，所以镇上患胃癌的人极少。

我在面馆里见到一个老人，有八十岁吧，他正吃一碗捞面，面前放着一碟盐，夹一筷子面就在盐碟上蘸一下。我目瞪口呆，说这样多吃盐不好，他说他一辈子都这样呀，血压正常，身板刚强。记得有一年在青藏高原，碰着一个藏族老太太，身体非常健康，她说她九十岁了，从没吃过蔬菜，就是吃牛羊肉，吃青稞面，喝奶喝茶喝酒。一方水土真是养一方人啊！我们老家人爱吃辣子，特能吃者人称辣子虫，这老者是不是盐虫呢，可盐里从来又不生虫呀。

翻阅镇上的志书，盐井镇在远古时是陶罐瓦缶煮水制盐，先秦一直到一九八○年是以铁锅熬盐，一九八○年到一九九○年之间是平板锅熬盐，从一九九○年起，才是真空蒸发罐制盐。旧法烧熬的盐，上品为火盐，火盐是将煮出的盐倒入模具以火焙干，状如砖块，用于远销。中品为结盐，不经火焙，水分较多，状若银锭，销于近处。下品为水盐，是熬出后直接盛在盆里罐里，供当地人吃。志书里有一篇描写当年盐井镇繁华的文字，说镇里六条街道从半山通向漳河边，五大专业市场又从河滩伸进街坊：柴草市吞吐大量燃料，人市流动各类能工巧匠，旅店迎送商贾贩卒，商市进出日杂食品，盐市批发各作坊盐品。豫西的货担、晋北的驼队、陕南的马帮，带来了兰州的水烟、靖远的瓷器、关中的土布、湖北的砖茶。晚上，井台上水车隆隆，灯火灼灼，作坊里炉火熊熊，烟气腾腾。街巷驼铃声、马蹄声、叫卖声、弹唱声，不绝于耳。围绕盐业，五行八作相继兴起，三教九流大显身手，行医、教武、说书、卖唱、求神问卦、开设赌场……

哦，镇上人还给我说了盐坊里的绞手、抬手、烧手和装烟客的事。绞手是在井房里的汲水工，抬手是把盐水抬到各个灶上的送水工，烧手是盐锅的烧水工。而装烟客呢，是以给人点烟为业，手执四尺长的烟锅子整天在各作坊转悠，盐匠们操作在水汽浓重的锅边,双手不得半会儿闲,想过烟瘾了,使一个眼色,装烟客就把烟嘴儿伸进盐匠的唇间,那头随即引燃烟锅。事毕,盐匠顺手抄一搅板水盐抛进装烟客的提篮,装烟客立马便跑到街上卖了零钱了。

说这话的是一个年轻人,说得眉飞色舞,还正说着,远处有人喊:老三老三,事办得咋样嘛?年轻人就跑过去说话,旁边的几个妇女说:他能说吧?我说:能说。她们说:他爷当年就是装烟客哈。我问那年轻人现在是干啥的,她们说:啃街道的。什么叫啃街道的呢?她们才告诉我,在当地把围绕街市小打小闹讨生活的人称为"啃街道的",这老三继承了他爷的秉性,但现在没有装烟客这活了,他就给人要账为生。

盐井镇的盐数百年都有一个名字叫"漳贵宝",肯定是庄户人家起的,起得像个人名。如今的真空盐厂是现代化企业,年产量胜过了过去百年,产品叫"堆银",这好像是哪个文化人给起的名,但"堆银"没"漳贵宝"有意思。

定西的房子讲究"两檐水"。两檐水用的是五桥四椽,有的还出檐,在堂屋外形成一条走廊。屋顶一律坐脊复瓦,但很少雕饰。胯墙与背墙多用土坯砌起,而前墙和隔墙则以木板装成。堂屋正门一般是四扇的"股子门",也有两扇"一片玉"的。窗户有"大方窗""虎张口""三挂镜""子母窗"等,贴窗花的少见，五月端午围插的艾却不动，一直要到来年的五月端午。不管新庄子还是老庄子，人家的院子都非常大，院墙都非常高，院墙里长出一些树来，或栽着蔷薇和牡丹，高大成架，透露着院子里的消息。

定西的房子谈不上豪华和阔气，但也绝不简陋，受条件所限，用料却难贵重，做工一定细致，光瞧瞧屋后墙砖缝里抹的灰浆的严实和山墙根炕洞口砖楞的工整，以及档口板的合茬，就能体会到他们造屋的认真和用心。

农民的一生，最要紧的工作就是盖房子，如果某一家已经有一院房子，它就给子孙留下了一份光荣，作为子孙在长大成人后仍要再盖一院房子，显示自己活着的意义，再传给他们的后代。土木结构的房子，当然只能使用四十年，而也提供了一辈一辈人锲而不舍盖房子的必要性和重要性，这个过程也就是光前裕后。

一家一户的兴旺发达，靠的是子孙繁衍，也靠的是不断地翻修建造房子。在福建的一个山村，我见过一棵榕树发展成了一庄子小树林的景观，而在漳县，常有着一个村庄只有一个姓氏的情况，使我由此有了一个姑娘可能就创造了一个民族的想象。在离定西不远的一个镇子上有一户人家，兄弟四人，其子女九个，孙子辈有十六个，其三辈人中有十二人参军，分别有空军海军陆军，兄弟四人的父亲还活着，已经四世同堂，大重孙也结了婚，很快五世同堂，村里人便称这老者是"兵种"。老"兵种"人丁旺盛，而他家的老房子也异常地结实，也是我在定西见到的最好的房子，五间式结构，一砖到顶，屋脊虽多残破，仍可看到许多精美的水纹、花纹和人物走兽的雕饰。他家还养着一只猫，按说猫的寿命也就是十二年，他家的猫竟到他家已经二十年，现在仍能逮鼠。

但我也听到这样一个故事，一个人，姓李，结婚后小两口盖了一厅两室的三间式房子，房子盖后一年，老婆就病死了，他没有再娶，而抱养了一个孩子。在他五十四岁的时候，中了风，虽生活能自理，但从此干不了农活，儿子对他不孝，逢人就说他养了个狼在家，他将来要死了，绝不会将这房子留给逆子。儿子在屋里待不住，就出外打工了，逢年过节也不回来。有一年一个老中医在村里行医，见他日子难过，留给他个治烧伤的偏方，他就在家自制膏药，还在门口挂了个专治烧伤的牌子。第三年腊月的一个晚上，他家起了火，等村人赶去救火，房子已经烧坍了，灰堆刨出他，人也焦了，焦成了一疙瘩。事后，村人都在议论，有说是电褥子出了毛病引起火灾的，有说是他吃烟引起火灾的，有说他是不想活了把房子点着烧死自己的。当然这事没有证据也没人追究，就草草把他埋了，只是遗憾那房子还好，说没了就没了，也绝了那烧伤的偏方。

在乡下看屋舍，我现在最害怕看到两种情况，一是老传统的房子拆了，盖那种水泥预制板的四方块，似乎现在时兴了，要和城里人一样了，但冬不保暖，夏不防晒，更是因建墙没有钢筋，地震时一摇，四壁散开，整个屋顶的水泥板就平平整整压下来，连老鼠都砸死了。二是主要公路沿途的村子，地方政府要形象要政绩，要求朝着公路的墙一律搪上白灰，甚是鲜亮，可侧墙或村子里边的房墙仍是破败灰黑。

所幸的是在定西，这样的景象还没有看到。

西安的古董市场上，这些年兴石刻，最抢手的石刻是那些拴马桩、牛槽、磨扇和碾盘。在几乎所有的花园小区里，开发商要有文化，都喜欢这些东西去点缀环境，我每每去这些小区观赏，观赏完了，却又感叹，农耕文明在我们这一代人手中逐渐要消亡了，感情就非常复杂。定西虽然也在以破坏旧有的生活方式在变化着，但变化的程度还不至于那么猛烈，农家仍是养牛、养驴，磨子碾子更是村村都有。他们依然讲究着村子的风水，当得知那些城里来的文物贩子谋算着村口的大石狮，就组织人手，日夜巡查，严加提防，村里的那些大树，也绝不允许砍伐，也通知各家各户，即便是门前屋后甚或自家院子里的老树，也一律禁止出售给城里来的树贩子，给多少钱也不准卖。

在一个黄昏，我们的车经过一个小村，停下来到一户人家去讨水喝，巷道里传来一阵喤喤喤的响声，这响声我在小时候的老家听过，便见两头毛驴走了过来，脖子上挂着铃铛，我立即大呼小叫，喊着我的朋友和司机：快来看呀，快来看呀！但朋友和司机跑近来，两头毛驴却走过巷道不见了。而在巷道那个拐弯处，有一个磨台，一个老汉正坐在磨台上"专"磨扇。司机是从小在西安城里长大的，他说：这做啥的？我说：专磨子哩。他说：啥是专磨子？我说你咋啥都不懂，磨子磨得槽纹浅了，需要重新凿凿，这种活儿就叫"专"。于是，我近去和那老汉套近乎。

啊叔，专磨子哩？

啊哈。

村里还有几个磨子？

七个磨子一个碾子哈。

这个磨子这么大呀？

村口的才大。

村口的磨子才大？

风水哈。

啥个风水？

村东口的碾子是青龙，村西口的磨子是白虎哈。

磨台下放着他的工具筐，里边是小磅锤、锼子、钢钎、手锤、錾头。他说，专磨子是小活，他主要是做平轮水磨、立轮水磨、人力磨、碌碡、碾碨子、碾盘、做豆腐的拐磨、立房用的柱顶石、打胡基用的圆杵子、打墙用的尖杵子，还有门墩、捣辣子的石窝、安大门的减基石。

最后，我问他这村里有几个像他这样的石匠。他说方圆这六个村子里，就只有他和他儿子了，儿子年初也不干了，去天水一家公司给人家当保安了。

　　小吴见我爱在村镇里乱钻，碰着什么都觉得稀罕，他说：我带你去看草房子！草房子有什么看的？他说：是一个村子都是草房子！在陕西，我到过一个叫陈炉的镇子，镇子里的屋墙呀院子呀街道呀都是废陶钵和陶瓷垒的砌的，太阳一照，到处发亮，呐喊一声，整个镇子都嗡嗡作响。也到过洛南县一个山寨看那里的石板，石板薄得只有一指厚，却大到如柜盖如桌面，所有的房子以石板作瓦，晴天里，屋里处处透光，下雨天却一滴不漏。现在，定西还有一个村子的草房子，那又是什么景象呢？我说：是吗，那去看看。

　　因为要去的村子远，当晚没有回县城，就住在镇上。镇长说：城里人讲卫生，给你安排到工作干部家住吧。我住的是个县法院审判员的家，审判员是一礼拜才从县城回来一次。去了后果然人也体面，屋也整洁，他媳妇拿了床新被子在公公的土炕上铺了个被筒，自己就进了她的小屋把门关了。土炕上，我的被筒是新的，那老头的被子却是土布，或许还干净，颜色却像土布袋一样。老头话不多，我们总说不投机，我就打哈欠。他说：你困了，早点睡哈。我睡下了，他拉灭了电线绳，我只说他也睡下了，他却靠在炕的背墙上吃烟。可能是为了省电，也可能是省火柴，他点着了煤油灯，一锅烟吃完了，又装上一锅凑在灯芯上吸，灯芯如豆，他一吸，光影就在墙上晃动。我翻了个身，他说：我影响你啦？我说：没事，你吃你的。他说：就好这一口，瞎毛病哈，吃完这锅就睡。我终不知道我是在什么时候睡着的，等到再醒过来，天麻麻亮，老头竟又在炕那头，靠在背墙上吃烟，还不仅仅是吃烟，小煤油灯边放了个小电丝炉，小电丝炉上坐了个小瓷缸在煮什么。我翻身坐起来，他说：又影响你啦？我说：你煮的啥？他说：熬口茶。他真的是在熬茶，茶叶是发黑的花茶，泡得涨出了小瓷缸，但还在咕嘟嘟响。我说：要熬干啦？他端起小瓷缸往一个盅子里倒，说：还没吊线。把盅子里的茶水又倒进小瓷缸，继续熬，整得最后仅仅倒出了一盅。他说：你喝吧。我不想喝，也不敢喝，这哪里还是茶水呀，是黑乎乎的汤么。他告诉我，他们这儿上了年纪的人都喝这茶，喝上瘾了，睁开眼坐在炕上就得熬。他端起盅子喝的时候，并不是品，而是一下子倒进口，眼闭上了，脸缩得很小，满是皱纹，像个发蔫的茄子。他说：不喝这一下，头疼哈。

吃过早饭，我们往草房子村去，在沟道里开了半天车后开始翻一座山，山路就像拧螺丝，一圈一圈往上盘，到山顶了又松螺丝一样下山，而且路越来越窄，里边高，外边低。我一直叮咛小心石头，如果碰上路面石头，车一跳，滚下去连尸首都寻不到了。终于到了沟底，转了三个弯，就出现一个村子，村子果然都是草房。车还在山顶的时候天是阴了的，沟底里显得更暗，一出车那个冷呀，身子就如同囊包被无数的针扎着，哧哧地往外漏气。可能是别的树都冻得长不了，这里只长紫杉，紫杉竟然是合群的，要长就整整齐齐长在山根，然后一排一排沿着坡坎再长上去，绝没有单个的，树干也不歪七扭八。村子并不紧凑，房屋建筑无序，没有巷道，门窗有朝东开的，有朝南开的，其间的空地上都有篱笆，篱笆好像已弃用，好像还在用着，杂乱的木桩木棍歪在那里。地很湿，也很滑，到处是乱石和杂草，中间尽是牛粪，我们跳跃着走过去，还是每人的鞋上都踩上了。草房都不大，有三间的，有两间的，有的甚至是方形。所有的墙没有墙皮，还是木板夹起的石渣土杵的，屋顶用树枝编了，涂上泥巴，上边苫着厚厚的茅草，茅草已经发黑，但还平整。瞧着一户人家走近去，才说：有人吗？门前的木桩上拴着一只狗，狗就回答了：汪汪汪。狗也适应着冷天气，毛非常长，于是望见旁边坡上散落着的那些牦牛，想：牦牛以前肯定也是牛，为了御寒而长了毛，就成了牦牛了。进了屋，屋里和屋外一样冷，分外间和里间，外间放着一个大柜，柜边堆着十几个麻袋，用草帘盖着，用手去揣揣，似乎是苞谷、青稞和土豆什么的。里间是一面大炕，炕边一个火炉，炉上一个锅正做饭。我赶紧在火炉上烤手，顺便揭开锅盖，里边蒸着一锅土豆，还没有熟。两个小女孩长得非常俊，高鼻梁，大眼睛，衣着单薄，看样子不觉得冷。我们一进屋她们就鸟一样飞出去，过一会儿又悄无声地趴在门框朝里看我们，我们再一招手，又忽地跑开了，似乎这个家是我们的家。老太太一头白发，白得很干净，和我们说话，说她姓白，七十五岁了，儿子儿媳到新疆收棉花去了，她在家里经管两个孙女，孙女不听话。说着就冲着门外喊：给炕里添些火去，哎，添火去哈！便见两个孩子提了一笼干牛粪往屋的山墙那儿跑。山墙那儿是炕洞口。在蒙藏地区是烧干牛粪的，这儿也烧干牛粪，使我觉得好奇，跑近去看她们怎么烧，一个小女孩就附在另一个小女孩耳边说什么，两个人咯咯咯地笑起来。我说：笑啥哩？她们说：笑你哩。我说：笑我啥哩？她们说：笑你那么老了还是学生。我说：怎么就看我是学生？她们说：你口袋里插着笔。我说：认识这是笔？小一点的女孩说：我是学生。大一点的女孩说：我是学生，她不是学生。我问她：你上几年级？她说：一年级。我问：学校在哪儿？她说：从沟里往下走，走七里路就到了。我说：七里路？谁陪你？小一点的女孩立即说：我陪哩。我摸着两个孩子的头，再没有说话，我的上衣口袋里插着的仅仅是支签字笔，拔下来就给了她们，她们却争夺起来，我赶紧喊我的朋友，让他把他的笔也拿过来。这期间，狗在不停地叫，但有气无力。

这可能是我们这次行走见到的最贫困的山民，住在这里，他们与外边隔绝了，虽然距县城也只是一百七八十里吧，世界发生了什么，中国发生了什么，甚至县城里发生了什么，他们都不理会，一切与他们似乎没关系。如果没有小吴带领，我们恐怕也不知道他们能在这里生活，就这样生活着。

原以为有个草房子村可以看到奇特的景象，没想来了以后使自己的心情极度败坏。我问小吴：这是什么村？小吴说：村名不知道，因为有草房子就都叫草房子村。再问：这山是什么山？小吴说：遮阳山。我说：山名不好。小吴见我脾气糟糕了，解释说：这地方偏僻，你如果让政府接待，谁也不肯带你来的，以前北京来了几个画家，让我带了来，画家见了这草房很兴奋，见了这里的人很兴奋，拍了好多照片呢。我说：画家爱画破房子，给他个破房子他住不住？画家爱画丑人，给他个丑女人他娶不娶？

这一夜，我们回到了县城宾馆，打开电视，多是城市红男绿女在做娱乐节目，我的思绪又到了草房子村，就把电视关了，早早睡觉，却怎么也睡不着。

过道里，突然有了咋呼声，是小吴在和什么人说话：

啊王主任！

啊你怎么在这儿，几时来的？

来几天了，陪人下来的。

哪个领导来了？

是……

啊，他来了！县委县政府领导知道了吗？

他不让打招呼，悄悄来的，你可不要给人说呀！

今去哪儿了？

到遮阳山有草房子的那个村子，哎，你知道那村子叫什么名字？

你怎么领他去那儿？得让他看看咱们的好地方呀！

他不是记者。

到了渭源县，当然去看看渭河源头了。

顺着一条沟往里走，沟两边的山越来越高，满是蒿、艾、蕨、荆，全部枯萎，发着黑色，像石头上经年的苔。沟里的河水不大，河滩却宽，隔几里一个村子，粗高的杨树不少，其间是横七竖八的房子和麦草垛，也是黑色。有人吆着牛犁地，牛是黑的，只有鼻脸洼白，翻出的土似乎也不是了黄土，是黑土。扶犁的人穿着朦朦肿肿的黑棉裤棉袄，脸上眉目不分，而站在地头的妇女头上裹着红头巾，尖锥锥地叫喊着她的儿子。

还在深入，沟就窄起来，路已被逼到了沟梁上，到处有了沙棘树，一树的尖刺里结着红果，还有一种蒿，仅仅生出个籽荚，籽荚也是箭头一样，走过去，乱箭就射满裤子。再是不断地看见很粗很糙的杨树，从根就开始长须枝，而且还被藤蔓纠缠，虽然都干枯了，隆起成架，树就不成了树，是一座一座的木塔。到了迎面是最高的那个峰了，沟分成三股，荒草荆棘更塞壅其间，时隐时现着水流的亮光。已经无法前行了，去问不远处的一个人，这人手里提着一把砍刀，好像是要砍些柴火，并没见砍下什么荆棘树枝，一直站着默默地看我们，以为是傻子，一问他话，他却立即活泛了。

问：渭河源头在哪儿？

答：这就是哈。

问：这就是？渭河就生在这儿？

答：是三眼泉，泉还得往里走，但走不进去。

是走不进去。没想那人却说：走不进去，就到龙王庙拜拜哈。我们这才发现半山腰有座庙，那人就领我们爬上去。庙前的场子上尽是荒草，荒草旋着窝倒伏着，像是风的大脚才踏过。庙里没有龙王像，但有香炉，也有个功德箱。那人给我们讲三眼泉，一个叫遗鞭泉，一个叫禹仰泉，一个叫吐云泉。因为冷，就尿多，我跑到庙后的僻背处方便，回来他已讲了禹仰泉，便只听到了遗鞭泉和吐云泉的传说。

当年唐李世民率军西征，到了山沟最里边的泉里饮水时，不小心将马鞭遗落泉中，再捞马鞭已没了踪影。班师回朝到长安，发现马鞭在渭河里漂着，才知晓渭河除了明流还有暗流。这个泉从此叫遗鞭泉。

吐云泉在三条沟中间的沟里，天一旱，山下的人都来泉里求雨。有一年求雨的人散去，一个叫花子来偷喝了供酒，醉在泉边的草丛里，突然见泉里钻出一个白胡子老人，坐在石头上吃烟。吐一口烟，天上有一片云，再吐再有，一时浓云密布，大雨滂沱。

听完了故事，我们要走，那人却说：不给龙王烧烧香吗？问哪儿有香，他从功德箱后竟取出了一把香，说一把香十元。烧完了香，才明白那人是看庙的。

现在，我该说说定西的吃食了。

在别的人眼里，起码我同车的朋友、司机，都不觉得定西的饭好，他们抱怨走到各县各村，上顿是酸面，下顿是酸面，顿顿都有蒸土豆和咸白菜。但我爱吃定西的饭。每到一处，问吃什么饭，我都是：酸面吧，炝些葱花，辣子旺些，蒸盘土豆。吃的时候狼吞虎咽，满头大汗。朋友就讥笑我：唉，凤凰之所以高贵，非晨露不饮，非莲实不食，你贱命啊！我是贱命，在陕南山村生活了十九年后进的西安城，小时候稀汤寡水的饭菜吃惯了，从此胃有记忆，蓄存了感情嘛。酸面其实和我老家的浆水糊涂面差不多，都有浆水菜，却煮土豆片或豆腐条，都不用味精和酱油，只不过酸面的面条多是苦荞面做的，而土豆比我老家的土豆更干更面。

第一顿的定西饭就是酸面和蒸土豆了，以我的经验，当然先吃酸面，吃过两碗了才去吃土豆的，没想到拳大的一个土豆掰开来，里边竟干面如沙，如吃栗子。我是一手拿着让嘴吃，一手就在下边接着掉下来的碎散渣，然后就噎得脖子伸直，必须要喝汤喝水。土豆是定西的主要食物，又如此好吃，这是有原因的：一是这里的日照时间长，缺水，自然环境决定了它的质量；二是这更是上天的安排，按说，定西压根儿就不宜于人类生存，而既然人生存在了这里，它必须要给人提供食物。在中国，有两样食物可以当作神物的，一是红薯，一是土豆。如果没有这两样食物，中国人在上世纪六七十年代即可死去一半。在定西，大多的地只能种土豆，当收获的时候，一面坡一面坡的土豆刨出来堆在地头，它和土地一个颜色，人们挑担背篓地把它运回来，你感觉那是把土疙瘩运回去了。在我们走过的村庄里，家家都有地窖，储藏着几千斤甚或上万斤土豆，一年四季吃土豆，有的家庭竟然一天三顿纯吃土豆。家里有老人过世的，还未三年，他们每顿饭都要给灵牌前献饭，献的就是土豆。而曾经去过一家，中堂的柜上献的竟是生土豆，问怎么献的是生土豆。他们说家里老人已过世三年了，已不给先人献饭，这是敬神哩。他们把土豆当作了神，给神上香磕头地供奉。

第一次见小吴，请他为我们做向导，他在挎包里装了牙刷牙膏，装了纸烟和打火机就跟着我们走了。走出了院门，已经上了车，他又跑回家，我们不知道他遗忘拿什么东西了，再返回车上，他的挎包里鼓鼓囊囊，翻开一看，竟然是六七个土豆。他说定西人出门，习惯要带些土豆的，万一走到什么地方，前不着村后不着店，就可以就地烧土豆吃了。虽然我们在外，并没有在野地里烧土豆，却亲眼见到有烧土豆的。那是在一个下午，车驶过一个梁凹，见几个孩子狼一样从路上往地里的一个埂上跑，到了埂前就刨一个土堆，竟然刨出了土豆，红口白牙地吃起来。我们觉得好奇，停了车跑近去，原来他们一个半小时前要到梁后的镇子去买东西，就先在这里把地埂的平坂子挖开，垒成空心圆堆，留个火门，用柴烧，烧到坂子都红了，把火门里的灰掏出来，再把一块坂子堵严火门，然后在顶端开口，把口袋里的土豆放进去，再把红坂子往里放几块，一层土豆一层烧红的坂子，又再把剩余的热坂子打细盖在上面，用湿土焐上，从镇上买了东西回来，挖开土堆，土豆也就熟了。这几个孩子都是圆头圆脸，小鼻小眼，长得就像个土豆，但争着吵着吃烧成的土豆，让我觉得那么美好和可爱。

但是，我在渭源县一个村干部家，看到了墙上挂着的镜框中的一张照片，唏嘘了半天。那是摄于七十年代的照片，拍摄的是公社社员农业学大寨在梯田工地上吃午饭的场面：一条几十米长的塑料布铺在地上，上面摆的是蒸熟的土豆，两边或坐或蹲了百十多人都在吃土豆。这些人形容枯瘦，衣衫破旧，可能是摄影师当时在吆喝：都往这儿瞅，瞅镜头！所有的吃者都腮帮鼓凸，两眼圆睁。

当改革开放几十年后，中国绝大多数地区从政治上、经济上、文化上都发生了变化，江南一带以商业的繁荣已看不出城乡差别，陕北也因油田煤矿而迅速富裕，定西，生存却依然主要靠土豆，过去是土豆、酸面、咸菜吃不饱，现在是这些东西能吃饱了，有剩余的了，但如何再发展，地下没有矿产，地上高寒缺水，恐怕还得在土豆上做文章。在渭源，我参观了土豆脱毒基地中心，那里进行着关于土豆的一系列科研，土豆在质量上、产量上大幅度地提高，各届政府下大力气在生产、加工、销售上制定政策，实施举措，已经使定西土豆声名远播，全国各地的客商纷纷前来订货。我曾问过好多人：仅靠土豆能行吗？他们说：靠山吃山，靠水吃水么。一斤苹果能卖出几斤粮食的价钱，你知道今年一斤土豆能顶几斤苹果的价？我说：多少？他们乍起了四个指头，说：呀呀，四斤哈！

山梁下的河湾有一片楼房，楼层不高，也就两层或者三层，不知是什么企业的生产地还是新农村的示范点，而从山梁往河湾去的岔道口，竖了一堵新砌的墙，墙上有好多标语，其中一条是：昂首向天鱼亦龙。

车在一条川道的土路上往前跑，车后的土雾就像拖着个降落伞，车要猛一刹住，土雾又冲到了前边，前边山路就什么也看不清了。有趣的是，车在雾气狼烟地往前跑，天上的一堆云也往前跑，疑心这是云在嘲弄土气，果然，中午饭时到了一个镇子，尘埃落定，云也散了。

这个镇子是我这次出行见到的最大的镇子，五百户，两千多人口，巷道很深，而且有几条。从东边的那条巷进去，好多家院门口都有人端碗蹴着吃饭，有的人是酸面，有的是面前放着一碟盐，蘸着吃土豆，见了我们，都笑笑的，欠起身，说：吃哈？那棵已枯了半边的柳树下，走来一个老汉和一个小伙，老汉扛着锨，小伙穿着西服，手里握了个手机，可能是父子，可能小伙从西安或兰州打工回来不久，两人说着什么话，老汉就躁了，骂道：你们老板一年赚二百万？你放屁呀，咋能赚二百万？小伙还要犟嘴，抬头瞧见我们经过，没再言语。

寻着了村长，村长是个黑脸大汉，正朝一户院门里的人怒吼，指责猪屙在门口路上这么几堆，也不清扫，是长着眼睛出气哩看不见，还是手上脚上生了连疮拾掇不了？院门里立即跑出个拿了锨和笤帚的妇女。他好像还气着，拿眼往巷头看，巷头一只狗碎步往这跑，突然停住，掉头又跑回去了。小吴认识村长，把我们做了介绍，他把我们从头到脚注视了一番，很快脸上就活泛了，说：噢噢，先吃呀还是先转哈？我说：我们四个人的，你锅里饭够吃吗？他一挥手，说：那先转！扭头给清理猪屎的妇女说：去，给你嫂子说去，擀面，擀四个人的面！

这村长其实是个蛮热情的人，他领我们出这家进那家，说他们村很有名哩，来过好多记者，报纸上写过大半版的表扬文章。

表扬也好，不表扬也好，日子是给自己过的，他这个村长把村子弄成个富裕村就行了。现在村子里有两项指标是全县最高的，一是学生多，几乎一半人家出过大学生，毕业了都在兰州、天水和县上工作；二是搞翻砂的人多，东头三家，西头四家，北头两家，南头还有五六家，主要是造锅，造火盆，最大的锅能做二百人的饭。

村长说的属实情。顺便问过七八户人家，都有孩子大学毕业后在城里干事，一个老太拍着罩在棉袄上的新衫子说：这是今年娃给买的衣服哈，我说买啥呀，农村里穿啥还不是一样哈，可娃偏要买，给我买了衫子，给老汉买了条裤子！院子里在火盆上生火的老汉果真穿了件西式裤，说：这裤子不好，只能单面穿。而去了几个翻砂户，院子里都是大大小小的锅坯，大棚里都是消铜炉，有砸炭末的石臼窝子，有烧炉时六七人才能拉得动的大风箱。但神龛里所敬的神不一样，有敬的是雪火神，有敬的是土地神，有的棚墙上贴着毛主席像。好奇了那一垒一垒铸造好了的各类锅，问一个能卖多少钱，他们好像都忌讳什么，不回答，只拿指头叩着锅，说：你瞧哈，没一个沙眼！小吴拉我到旁边，低声说：他们各家都竞争哩，有的把价压得低，怕别的人家有意见，就口里没实话。

后来在村长家吃饭，当然除了酸面外仍是蒸土豆，吃得坐在那里一时都不得起来。村长家的院子更大，他既种药材又搞翻砂，台阶上堆了几大堆挖出的当归和黄芪，而翻砂的工人就雇了四五个，一个在清理消铜锅，两个在修整着锅坯，一个在那儿砸炭末，一个在把炭末水往晾干的锅坯上涂，无论我们吃饭或者说话，他们全不理会，安静地干自己的活。因为又吃好了，我的情绪很高，就夸说着村长你是不是村里最富的，村长哈哈大笑，说：打铁就得自己硬呀，当村长的都不富还怎样带动别人？他高兴了，就喊叫着老婆从屋里取个铜火盆要送我，我说：啊谢谢，可我不烤火，要火盆没用。他说：这火盆不是烤火的，我们这儿兴家里摆个火盆就是好光景哈！这火盆特大，铜铸的，纹饰精美，灿灿发光，确实是件象征富贵的好东西，但我怎么能要呢，我没要。

我们站在院子里的太阳下照相，村长和我照了，还要他老婆也和我照，他老婆刚才还在院子里收拾碗筷，却半天不知人在哪儿了。村长又喊了几声，老婆从屋里出来了，她换了身新衣服，脸上还敷了些粉，她照了三次，第一次说她眼睛可能闭了，第二次说她没站好，第三次照完了，说：我不上相哈！

经过一地，看见两座山长得一模一样，隔着一条小沟，相向而坐，山头上又都隐隐约约有着红墙和琉璃瓦的翘檐。问路人这山上是什么庙，回答左边是观，住着一老道，右边是寺，住着一老尼。想上去看看，但上山的路却都在后边，就进沟往里走。

沟很窄，光线幽暗，怀疑两山是硬被推开的。山壁上，沟里的石头连同石头与石头之间长出的树都生了苔藓，苔藓是黑的，白的，也有铁锈色。有一种鸟，不知道站在哪里，清脆地叫：嘀哩嘀哩。小吴说那是嘀哩鸟，就会自己呼自己名字。脚底下湿汪汪的，司机趔趄一下，我说：小心滑倒！还未说完，我先滑倒了，才发现路上也全是苔藓，很小很小米粒一般的苔藓。

进去约一里，竟是一平阔地，两山连接为一体，形成环状，整个沟谷变为一个宫。宫里生长着各种草木，都不高，却千姿百态，能想象若是春天和夏天，这里将是何等的欣欣向荣，万象盎然。

原本进来是要去寺观的，仰头看两边的山头，寺观都修在峰尖崖沿，路如绳索直垂下来，一时倒没了攀登的欲望，我们就只在宫里待着。

直待了近两个小时吧，朋友说：都快成婴儿啦！大家笑笑，才顺原路返回。

一棵两个人才能搂得住的柳树就在村口，这个村里在杀一头驴。

其实，杀驴杀的是驴的鞭。

那头公驴被拉出了棚，它并不知道物将要死，见院子里突然有了许多人，说说笑笑地热闹，还高兴地喊了一下。它的喊是在打招呼，竟把一个小丫头吓得后退了几步，它也就笑了，嘴唇掀开来，龇着大牙。

这时候，从隔壁院子里也拉来了一条母驴，母驴是个俊驴，细长眼，大肥臀，嘴里还一直嘟囔着什么，似乎不愿意，被拉着绕公驴转了一圈，又转了一圈，臀上的肉就哆儿哆儿地颤。

公驴在那时不掀嘴唇笑了，整个身子机灵地抖了一下，耳朵就耸起来，鼻孔里呼呼喷气。它要往母驴近前扑，但被人紧紧地拉着，扑不过去，肚子下的鞭忽地出来了，戳着如棍。

一个人从堂屋里出来，好像才喝了酒，脖子梗着，还能看到那暴起的血管，在嚷：都闪开，闪开！一手在身前，一手在身后，在身后的手里握着一个竿子，竿头上安了月形的铲刀，太阳照在铲刀上，溅着一片子光。看热闹的人当然就闪开了，一些年轻的女子转身往院门口跑，偏被几个小伙拦住，说：嗨，跑啥咯？女子说：杀了你！握铲刀的人已经走到了公驴的身后，他全神贯注，十分地庄严，院子里就立即也安静了，只听到公驴还在喷气，喷出的气像一团一团的烟。公驴不停地动，握铲刀的人也在动，动着碎步，突然，一条腿在地上蹬住了，一条腿一个跨步，嗨的一声，铲刀冲出去又收回来，他就站住不动了。这一连串的动作太快，人们还没看清是怎么回事，地上已经有了一根肉棍，肉棍在蹦跶着。

公驴这时候才叫起来，叫声惨烈。拉公驴的是两个人，一个人丢了手就去捡肉棍，捡了两回，两回都从手里蹦脱了。

定西的许多村子不叫村，叫庄，也有叫堡的。叫堡的都是在村子不远处，或山上或半坡里，有个小小的城堡。这些城堡差不多修筑于清末民初，土夯墙，又高又厚，有堡门，堡子里还常有小庙。那时期，一旦军阀混战的散兵路过，或是有了土匪强盗，钟声一响，村子里的人就往堡子里搬，并选出堡头，组织自卫，时间有两天三天的，也有三月半年的。现在，这些堡子还在，但却废了，我们去看过几个，要么堡子里什么都没有了，只留着小庙，要么小庙也坍塌了，只有几棵松柏。

在看完五个堡子的那个下午，我有些感冒，住在一户人家的热炕上发汗，那炕非常热，坐一会儿就得侧侧身子，人越发四肢无力。原计划要去北边的裴家堡的，这家主人是个教师，说他家有本县上编的文史册子，上面有一篇写裴家堡故事的，看看就不用去了。我让把册子拿来看，没想到那篇纪实文章让我读得胆战心惊，感冒更加严重，竟在这户人家住了一夜。

这篇文章是汪玉平、裴小鹏写的，我在此有删减地抄录如下：

民国十九年农历五月初二，马廷贤部在冯玉祥部的追剿下西进。二百多人经过裴家庄时，怕遭到村民的伏击，还向堡子方向喊：不要开枪，我们是过路的。当时正值农忙，村民都在地里忙活，堡子里只是些老人和孩子，敌前锋部队顺利通过裴家庄。不久，敌后续部队六七十人在一个姓杨的营长带领下到达裴家庄，却冲进堡子抢了一些枪、面粉和油就下了山，对堡子里的老人和孩子并未伤害。

在堡子附近山坡地里干活的村民，看到敌马队出了堡子就大喊：土匪抢走东西了……堡头裴忙存和裴怀仁，还有一些村民赶快跑回堡子。此时敌人下山后正向西行进，裴忙存和裴怀仁迅速把西南的一门狗娃儿（土炮）装上弹药，朝着敌马队开了一炮。炮声一响，敌马队中一人从马上栽了下来，惊慌失措的敌人把落马者抬上马背，急忙向西驰去。

正西进的马廷贤得知他的部下被打死，立即召集开会，会上有人主张攻打堡子，有人主张继续西进，而死的就是杨营长，杨营长的女人又哭又闹要给丈夫报仇，部队就折过头来攻打堡子。

堡子里的人一见，把魁星楼前的大钟敲得震天响，在村子和地里干活的村民听见钟声相继都跑回堡子。在堡头的组织下，村民们赶快用口袋装上土，把堡门牢牢地堵住，堡墙上的五门狗娃儿炮和一些没被抢走的火枪，都备足了弹药，长矛、大刀和平时干活的工具，此时都成了护堡的战斗武器。

从堡子里看到敌人在做晚饭，估计晚饭后敌人就来进攻，堡头们也吩咐各家各户赶快做饭。由于村民进堡时走得忙，在村里住的人没把灶具带上来，一听说做饭，这才缺这少那，相互间借用。女人们一边带孩子，一边生火做饭，不懂事的娃娃一下子聚在一起，在院子里嬉戏打闹。

夕阳下山后，敌人开始行动，一部分仍留在村里，大部分人马沿山坡向堡子行进。在堡墙上观察的人一下子紧张起来，喊：土匪上来了，土匪上来了！一些还没吃饭的村民，放下筷碗，拿起了武器，在堡子周围严阵以待。

敌人骑着马，身上背着枪，手里拿着马刀，后面还有十几个人抬着梯子。他们来到堡门前停下，向堡子里喊话，向堡子里要面粉和油。几个堡头商议，只要敌人能够退兵，这个条件可以接受。不一会儿，从各户收集来的几袋面粉和十多斤清油从堡墙上吊了下去。过了一会儿，敌人又对着堡子里的人喊：我们团长说了，你们打死了我们营长，把凶手交出来，再放下两个女人给我们做饭，不然就踏平你们堡子。

堡头和堡里的男人们当然不能把自己的女人和同胞交给敌人，断然拒绝了要求，在一阵叫骂声中，双方开了火。一时间枪声不断，炮声轰鸣。在后堡前墙上还击的裴老五被敌人击中，从堡墙上摔了下去，当时就死了。正在双方激战的时候，刚才晴朗的天空忽然电闪雷鸣，狂风席卷着尘土直冲向天空。霎时，瓢泼大雨将进攻的敌人打得晕头转向，一个个从山坡上滑了下去，撤回了村庄。

　　敌人撤退后，堡头把裴老五被打死的事暂时封锁，怕引起村民的慌乱，组织青壮年守在堡墙上注视着敌人的动静，妇女儿童和老年人拥挤在各自的草房里，惊恐不安地度过了一夜。第二天吃早饭时，裴老五的母亲叫老五吃饭，这才知道儿子已经死了，她没有掉一滴眼泪，亲自安排儿子的丧事。而裴俊华的爷爷向堡头提出，要带自己的一家人出堡去，堡头不同意，因为昨天下午大家在一起商量过不能分散。裴老汉再三要求，堡头们认为，既然他屁股上有疮不能守堡，留下来也帮不上忙，就把他一家八口人从墙上用绳放了下去。

　　事后裴俊华给人讲，他爷爷当时一定要离开堡子是有原因的。在这之前，他家里来了个道士，吃了饭临走时给了他爷爷一张画的符，说不久裴家庄要发生灾难，到时就把符烧了，放在碗里吃了，然后离开村子就能避灾。所以，他爷爷的举动让堡头和村民们感到不愉快，却也保全了他们一家。

到了太阳一竿高的时候，敌人全都离开村子，并没有走昨天的路从裴家沟口进入，而是从左侧的红崖沟进入，绕到堡后的蜡山嘴，准备从背后向堡子攻击。蜡山嘴离堡子很近，站在上面居高临下，能俯视到整个堡子的情况。堡子里的村民及时调整各炮位的方向和守护人员的配备。不久，敌人的炮弹一发发落在堡里，密集的子弹不断把堡里守护的人打下堡墙。战斗持续到中午，守护人大部分或死或伤，裴忆存、裴怀仁、裴恒川及裴宝华的三叔、四叔相继战死，裴善琴的父亲冒着敌人不断射来的子弹，跪在土炮前装弹药，被子弹打穿两颊。后来在亲戚收尸时，他仍保持着装弹的姿势。

昨晚的那场雨，阻挡了敌人的进攻，也使存放在庙里的火药受了潮不能使用，枪炮逐渐失去了战斗作用。敌人从东西两侧顺着梯子爬上堡墙，被堡里尚存的守护者用大刀、长矛、铁连枷打下去，如此使十多个爬上来的敌人从堡墙上滚下山坡。此时，堡里所有能搬动的东西都用来打击敌人，连猪吃食的槽也当作武器扔了下去。敌人改变了进攻方式，爬在梯子最前边的一个都拿着盒子手枪，接近墙头时用手枪朝堡内乱射，使堡里的人不能接近堡墙。堡里已没有几个能够战斗的人了，敌人很快从堡墙爬了进来，打开堡门，见人就砍，能够爬起来的村民与敌人进行白刃战。裴麻子用马刀砍伤了好几个敌人，被大门拥进来的敌人围在当中乱刀砍死。堡头裴殿瑞的父亲被敌人绑在庙里柱子上，身上浇上油，被活活烧死。一个不到十岁的男孩，跑到堡墙上要往外跳，被追上来的敌人一马刀从屁股捅进去，摔下了墙。两个年轻人逃出堡子，一个还带着狗藏在山洞，连人带狗被打死。另一个叫裴七十一，他一直跑到离堡子一里多远的红土柯寨地，被一个追上来的敌人开膛破肚。

堡子里已看不到活人，他们就放火烧房子。庙的正殿里有存放的火药，很快正殿起了火，殿里三大菩萨像和东殿的三个神像在大火中消失。几个敌兵冲进西殿，把九天圣母的头发拉散，上衣扯到胸前，点了几次都没点着，就慌忙离开堡子。

敌人攻进堡子时，年轻力壮的村民都已战死，堡里占多一半的老人、妇女、儿童成了他们屠杀的对象。裴小鹏的二奶被一刀砍死，她倒下时身子护住儿子裴建璟，裴建璟活了下来。他的奶奶怀里抱着六岁的女儿菊娃，头上被砍了一刀，硬是护住了菊娃。裴随斗和他妈被敌人追杀，他妈为护裴随斗，胳膊被砍掉，裴随斗去救他妈，脸上挨了一刀。

现年八十六岁的裴金对当时八岁，她回忆说：初三土匪从后山打枪打炮，男人们都到后堡去了，我妈怀里抱着我，背着我哥裴老二，还有我的两个嫂子，躲到淑英奶奶放柴的庵房里。房里有一根杠子，我妈坐在杠子中间，两个嫂子坐在两边，怀里都抱着娃娃。忽然打来一炮，坐中间的我没事。我二嫂伤在胸脯上，娃娃半个脸上的肉翻过来。我大嫂伤在小肚子上，一直叫肚子疼，当天就死了。我大和我哥都到后堡去守堡，我哥刚往墙上爬，被土匪一把抱住，扔在着了火的正殿，土匪走了他才从火里跑出来，腿被扭伤了。我大肩被打伤，活到初十就死了。裴昌生当时只有七岁，土匪没拉住，他从堡墙上跳下去，滚到山坡下沟里活了下来。我从东堡墙上跳下去，土匪几枪没打上。后堡的人杀完了，房子大部分被火点着，土匪开始往外撤，有几个看到我们，向我妈要白元，我妈把头上的一只银簪子给了。有一个土匪站在堡墙上喊：女人和娃娃再不要杀了。土匪就走了。土匪走后，我们到后堡，满地都是死人，墙根下有两堆人，有的还在呻唤。死的人太多，没有棺材，大多数都被软填了。我家打开了一个柜子和门板把我的两个嫂子埋了。到初四下午，死人基本上都入了土，没有被杀死的娃娃都被别村的亲戚接走了。堡子里只有我妈领着我和我二哥两岁的儿子裴映冬。到了初十我大死了，我妈领我们离开堡子，临走时，我妈挖出了埋在院子里的一罐甜胚子，在地里埋了几天，挖出来还甜得很。

受裴家堡祸难的影响，几天里情绪缓不过来，司机说：瞧你这人，那是八十年前的事了，还有啥放不下的？是八十年前事，如果还有什么史料，清代的，明代的，宋代的，甚至秦代，这里战事频繁，烽烟弥漫，不管谁赢谁输，老百姓的苦难不知又是何等的惨烈，这些当然都岁月如烟如风地过去了，我想的是，定西为什么就叫定西呢？它是在中国西北，历来被称作边关，是历代历朝都希望它安定吧，它安定了，中国也就安定了。现在，在整个中国的版图上，定西可以说是安定的，安定得似乎让人忘记了它，忘记了它曾经的不安定。虽然，它也是国内没有充分开发的地区之一，这可以说还是好事，使它保持了它固有的东西，包括地理环境，包括人们的生活方式、风土人情，包括没有在过度开发中拉大的贫富差距，也包括它的落后。但是，毕竟贫穷使人凶狠，富裕使人温柔，当我们需要定西安静平稳而定西的富裕远远还滞后于全国水平的时候，整个中国还应该为定西做些什么呢？

怎样才能使定西更富裕更公正更和谐美好呢?

在定西的各个县镇,凡是走到哪一户人家,你感到吃惊的是都那么喜欢字画,只要一说起字画,他们就睁大眼睛,也不再木讷,给你说起他家墙上的字画是什么人的,哪一年请回来的,村里谁家的字画最好,这个县上甚至定西城、天水城、兰州城书画家谁谁曾经来过,在谁家屋里吃过饭,还在谁家里写过字。说过了,还怕你不信,须要领着去别的人家里看字画,有日子过得滋润的,也有日子过得狼狈的,但不论是新盖的房还是已经破败的房,房里都挂着字画。我在通渭的一户人家里,看到上房的中堂上的一幅字写得并不如挂在厦子房里的字好,建议调换一下,主人说:厦子房的字好是好,可写字的那人品行差,而且还是个跛子哈。原来,他们还特讲究书画家的德行、职位和相貌的。德行高的有职位的身体端正健康的书画家作品挂在上房中堂,那要在大年初一的早晨给上香的。

这让我不禁大发感慨,目下国内字画的行情见涨,但十之八九是为升迁、为就业、为调动、为贷款、为上学给大大小小的领导送,字画成了腐败的一方面,还有十分之一二为个人收藏,收藏着随时准备倒卖。而定西人爱字画,当然少不了有行贿和倒卖的,却绝大多数是人人都爱,是真爱,买了就挂在自己家里,觉得那就是文化,就是喜庆,就是贵气和体面,能教育家人知情达理，能启发孩子们好好念书。

除了中堂上必须挂有字画外，定西人还有一点，就是讲究在中堂的柜盖正中摆放或多或少的宝卷。

我在头几天里时常听说宝卷长宝卷短的，当时还不知是什么意思，也没在意。后来在一个叫清水的村里，去一户人家，老太太招呼我们坐了，忙把屋里剥苞谷粒的筐篮挪开，把猫食碗拿到了屋外台阶上，就开始用鸡毛掸子拂柜盖，拂着拂着把柜盖正中的一沓旧书小心翼翼地拿起来，用嘴吹上边的灰尘，又小心翼翼地原样放好。我好奇地问：那是什么呀？老太太说：宝卷。便埋怨儿媳妇邋遢，屋子这么脏的，让客人咋待呀。

又说宝卷，啊宝卷原来是一些旧书！在我的经验里，"文革"期间人们要把毛主席的著作放在中堂的柜盖上的，莫非这里还依着那时的规矩？我说：宝卷？是毛主席的红宝书吗？老太太说：我不认得字。我近去看了，是有一本毛主席的书，但更多的是一些手抄本，有一些佛经，有道德经，有治家格言，有论语，有弟子规，还有劝善歌和中医偏方集锦。

我和老太太说了这样一段话：

就这些书呀？

不是书，是宝卷。

啊是宝卷，你家咋这么多宝卷？

家家都有，我家的多哈。

谁念呢?

我老汉能念。

你老汉呢?

走了哈。

走哪儿了?

嘿嘿,走了就是走了哈。

走县城了?

死了!

噢。

你们城里人听不懂哈。

噢噢,那你还一直要在这儿放宝卷?

镇宅哈。

离开的时候,我要求能和老太太照个相,老太太在头上脚上收拾起来,院子里的太阳亮灿灿的,我便在院子里放好了一只凳子。她出来了,却抱着她家的狗,狗是白狗,像一堆棉花,她说她老汉死的那年养的这狗,她总觉得这狗就是老汉变了形儿来陪她的,尤其狗转身往后看的那个样子,和她老汉生前的神气似模似样。我尊重老太太抱着狗照相,可她看见我放的条凳却一下子变了脸,说:快把凳子挪开!我说:你坐着,我站旁边。她挪开了凳子,说凳子放的地方不对,你没看见那里有块砖吗?后来我才知道,放砖的地方是有土地神的,绝对不能在那上面坐或者站。照完了相，又去了几家，几乎家家院子中间都有一块地方放着砖或放着一盆花。问了土地神是如何安放在地下边的，他们告诉说：挖一个坑，坑里埋个罐子，罐子里有五色粮食，粮食里有个石刻的或木雕的土地神像，然后封好，地面上做个标志，这土地神就护了。

离开了这个村子，我们一路还在议论着宝卷镇宅、土地神护院的事，司机就嘲笑起定西人的旧规成，说：啥年代了，还愚昧这个呀！司机是从小在西安长大的，他不了解农村。我说这不应算是愚昧，中国农村几千年来，环境恶劣，物质贫乏，再加上战乱频繁，苦难那么多而能延续下来，社会靠什么维持？仅仅是行政管理吗？金钱吗？法律吗？它更要紧的还是人伦道德、宗教信仰啊。司机说：可宝卷摆在那里，土地神埋在那里，只是个仪式么。我说：是仪式，有仪式就好呀！为什么要每天在天安门前升国旗？为什么一开大会首先要唱国歌？为什么生了小孩要过满月？为什么老人去世要七天祭祀？

在漳县、岷县发现村民家中的宝卷后，我们对宝卷产生了兴趣，老太太家的宝卷，以及那个村子里别的人家中的宝卷，都是一些我们知道的儒、释、道方面的经典，而定西历史上是佛道兴盛过的地方，又出过许多大儒，又是有孙思邈呀李白呀李贺呀许多遗迹，那么，还有没有一些我们没见过的经典古籍呢？于是，我们所到之处都要打听，就听到了一个关于宝卷的故事。

一九九二年七月五日，有人在遮阳山东溪寒峡的一个洞口石壁上发现了"石室"二字，不知何人何时所刻，进入洞后，在洞底又发现了一木棺，吓得没敢打开。消息传出，漳县文化馆干部赶来查看，认定"石室"二字为北宋大诗人、监察御史张舜民题刻，进洞后又证实那不是木棺，是一木箱，木箱里存放着一大批古代书籍。这些书籍经清理，为古代佛经宝卷手抄本，因受潮粘连严重，能辨认出的经名有八部：《佛说大乘道主法华真经》《法舡普度地华结果尊经》《佛说赴命皈根还乡宝卷》《正宗佛法身出细普贤经》《正信除疑无修证自在宝卷》《叹世无为宝卷》《古佛天真考证龙华宝经》《普静如来钥匙宝卷》。

后据当地人提供线索，几经曲折，找到这批藏经的原主，原来这些经卷一是他们家历代相传保留下来的，二是民国初年从岷县一地抄录来的。一九五八年宗教改革时，他拣其中破烂的一套上交了乡政府，而把抄写工整装帧讲究的一套在后半夜藏入东溪山顶上的鸦儿洞。事后又觉得有人好像发现藏经，不久又和女儿偷偷把这些经卷转移到了溪寒峡的一个山洞里。当初，他并没注意到洞口岩壁上有"石室"二字，而这一疏忽，竟然正暗合了一句老话：石室藏经。

我们曾去漳县政协想见见这批宝卷，可惜那天是星期天，政协机关没人，未能见到。后又去拜见了一位文化馆的退休干部，从他口中得知，仅漳县在山洞里发现的宝卷就有四十余部，都是解放后，尤其是"文化大革命"中群众偷偷保藏的。有北京、天津来的专家鉴定过，确认其中九部系国内外从未见于著录及公私收藏的孤本。

再一次回到定西城，小吴说：明日请你们吃饭吧。

但还是晚上的三点，小吴就把我们全叫醒了，催促着要去饭馆。我说：你神经病呀，这时候吃什么饭？他说：早饭。我说：什么早饭？他说：牛肉汤。我说：这就是你请客？小吴说：牦牛骨头汤呀！

小吴为了表明他请我们喝牦牛汤是多么的真诚，而牦牛骨头汤又是多么美味和有营养，就讲了这是岷县最具特色的饭食。岷县与藏区接壤，其实也是汉、回、藏、羌民族杂居区。这种汤煮法特别讲究，要从下午四点开始煮，一直到第二天早上四点方能煮好哩。

受着诱惑，我们赶到了那家餐馆，真是没有想到，餐馆门口竟排上了长长的队。队列中有年轻人，更多的是老头老太太，似乎还都熟悉，互相招呼，说说笑笑。一打问，才知道这些老年人常年来喝，喝上了瘾。

但当牦牛骨头汤端上桌后，我们都喝不了，膻味太重。

小吴能请我们吃饭，有一个原因，是他知道我们该返回西安了，虽然那顿早饭并没有吃好，但还是特意找了一家酸面馆再次请了我们。就在这次饭桌上，我们在商量着怎么个返回法，是北上兰州，从兰州返回呢，还是从漳县经武山、天水然后返回。小吴说：第二条路线是正确的，顺路可以去看看贵清山。我说：贵清山是什么山？小吴说：你不知道贵清山？那可是个好地方，不但是定西名山，甘肃名山，陕西恐怕也没有哈！司机说：有华山好？小吴说：好。司机说：有太白山好？小吴说：好。司机一挥手，说：不可能！气得小吴脸都变了。我忙打圆场，说了个故事，这故事是我单位的一个作家写了一篇文章发在《西安晚报》上，其中有一句：我妈是世界上擀面最好吃的人。没想当天就有读者气得给他打电话：你妈怎么能是世界上擀面最好吃的人呢，擀面最好吃的是我妈！

　　我们最后还是选择了第二条路线，从定西再去漳县，从漳县到武山县的半路上，拐上了去贵清山的一条黄土梁。

　　梁叫香桥梁，名字很好听，但路实在太窄，还曲折不已。沿途有许多村庄，一簇树，几十间瓦房，不是卧在洼底里就是趴在半坡上。偶尔见有人骑在毛驴上，驴很小，人却高大，两脚几乎就耷拉在地上，但他表情庄重，见我们停了车给他拍照，竟不说一句话，也不笑。约莫一小时后，路两边有了小叶杨，一种叶子呈白色的杨，极其白，似乎有粉，一种叶子呈黄色，金子一样的黄。那天正好是立冬，太阳还是明亮，白的叶子和黄的叶子落在地上，车一行过，飞翻跳跃着无数的碎金碎银。再过了几十里吧，路拐入另一条梁上，能隐约看到远远的有寺院，地势也是越来越高，而梁两边的坡上没有了树，也没有石头。一片一片大小不等的田地，有的种了冬麦，是绿的，没有种冬麦的耕过了歇着，准备将来种土豆，便只是褐色，整个的坡塬犹如巨大无比的百衲衣从贵清山方向的高地直铺了过来。

到了高地，突然间眼前出现一个大河谷，天地变化，霎时觉得是驾了巨鹏从天而降，按住了云头俯瞰着人间。谷地里林木黝黑，呈片状，呈带状，顺着高高低低的峰峦向后蜿蜒，有云卧在其间，云白得像一堆堆棉花垛子。黄土高原上看惯了沟壑岇台，猛然见这片峡谷山林，真有些不知所措，以为是幻觉，是异想，异想天开。车随着路往峡谷开，连续的绕弯和打折，一搂粗的、两搂粗的紫杉擦身而过，无数垂落下来的藤蔓就覆盖了车前玻璃。我和我的朋友大呼小叫，要车停下，小吴说：不停不停，绕着谷往后山开，直接到三峰。

不知怎么在谷底里拐来拐去，也不知怎么又在盘旋而上，一切尽在恍惚里，车就到了黄土梁上。这里的黄土梁和所有的黄土梁一样，起起伏伏，能望到天边。一个大转弯后，车停在了偌大的土场上，小吴说：到山顶了！

这是山顶？我疑惑不已，山顶怎么和黄土梁连在一起，贵清山原来仅是梁塬的沟壑吗？但定西任何地方的沟壑都是土层，这里都是石质，从谷底往上看着全是奇峰林立，嵯峨险峻啊！这时候我才明白，世上有的东西是测高的，有的东西是探深的，山可以在地面上往天空长，山也可以从谷下往地面长。贵清山它是一座地面下的山。

在土场上，四周即是紫杉，一棵紧密着一棵，高大得仰头望不到顶尖，倒怀疑这个土场硬是在紫杉林中开辟出来的。土场上太阳白花花的，紫杉林里仍是苍郁，好像那里永远是夜，而黑白分界刀割一样整齐，我站在分界线上，一半的身子暖和，一半的身子寒凉。

沿着一条漫下的路往前走，其实已经走在山峰上，靠着一棵树说：拍个照吧！一低头，树后便是万丈深渊。吓得老老实实从路中间走，害怕着有风，走过了百十米吧，路断了，是一个峰和另一个峰架着的一座木桥。从木桥上想极快地跑过去，因为担心桥会塌，却腿哆嗦着只能一步一步挪。小吴喊：不要往下看，不要往下看！是不敢看了，终于过了桥，死死抓住桥头的铁索了，往下仅看了一眼，刀劈一般的直立，崖壁上直着斜着长着杉，有鸟在锐叫，有树叶无声地飘落，立时头晕，出了一身冷汗。好在是进了一道长廊，廊栏护着，这就看到了中峰。到了中峰，却思想了一个问题：在黄土梁上土那么厚，难得见树木，即使有也仅是些小叶杨、槐和榆，都不成林，出地便为灌丛，而紫杉却在峭壁悬崖上生长，长成如此大木！古书上讲，中国地势东南低而西北高，天下水聚东南，东南富庶，人多聪慧，易出俊贤，西北瘠贫高寒，人多蠢笨，但出圣人。那么，这里的紫杉就够得上是圣树了。

中峰阔大，就建有庙宇，到处是石碑，还有一些平房和菜地。有三个道姑正在吃饭，饭依然是蒸土豆，见了我们老远就说：吃呀不，锅里有哈。我没有客气，去拿了两个土豆，一边吃一边四处走动。在别的佛寺道观里，常见到一些奇奇怪怪的花木，这里没有花丛，树都长得凛然伟岸。到左边崖沿上去看，峡谷对面云腾雾罩，只有一排峰尖，如是锯齿，似乎凭空浮着，感觉是海市蜃楼的景象，或者是画上去的。到右边崖沿去，那里的峡谷更深，云雾填满，丢一块石头下去，半天才听到咕咚声。走过来的道姑说：早上还打电哩，一打电，谷底里轰隆隆响，像过火车。再到前边的崖沿，能看到另一座峰，比中峰小，几乎是一个锥体，锥尖上竟然就一个庙，庙小得如一个人蹴在那里。

从来没见过这般奇怪的庙，要近去看，路又断了，连接的是一桥，这桥完全是几根木头搭成的，亏得桥上有廊，不至于让你看到外边。

过了桥到庙上，庙墙就齐着峰沿，峰沿上长满了树，一只手抱着树绕着庙下的一个斜道到了庙后边，小吴说从这儿还可以直下到峡谷里，峡谷里有神笔峰，你想不想看？我当然想看，但小吴又说从这里下去要过转树砭，即一棵大树立在路上，必须抱着树转一圈方能下去，我立即不敢下了，说还是从原路回到谷底再进峡里看神笔峰吧。

折回中峰，听道姑说山上事，她爱说话，说了峡谷十里，说了紫杉林二百亩，说了山上曾经的和尚和道士，说了她们三个是哪一年出家的，每日的法事如何做，怎样的吃喝。让我印象最深的，从此再不能忘的倒是两件事。

一是这里三峰环翠，西峰刚直，南峰峻急，中峰体秀身圆，土石和美，并且左有青龙蜿蜒，右有白虎低沉，前有朱雀欲飞，后有玄武伏降，本应存有王气，要出大人物的。然而，寺院道观并没建在面山枕山、左右临水的山脉重心位置，而选于天地交会最利升仙的山峰凸点上，因此这里一直安稳，与其说寺观是选中了这里的山水所建，不如说正是建造了寺观才保护了山的峻美树的茂密。

二是每年农历四月初一至初八是浴佛庙会，根据"佛生时龙喷香雨浴佛身"之说，以各种名香浸洗佛像，而平常山上很难下雨，庙会前却必有一场雨，庙会后也必有一场雨，竟然几百年来从未延误过。

最后，我们下到峡谷去看神笔峰，神笔峰果然端直插天，大家都嚷嚷着让我好好写篇文章，记下此时此景，我一时脑子里翻涌着许多前人诗句，什么"满身黑痕多，独立在人间"，什么

"众渡盘旋，落霞堆地"，什么"松上云从容，涧底水急湍"，但觉得没一句能准确地描写这神笔峰的神采和看到神笔峰的心境。我说：大收藏家是以眼收藏的，今日看到神笔峰了，我也就拥有了神笔峰。

要离开贵清山了，小吴又和我们戏嘴了。

没哄吧？

没哄。

好吧？

好。

哈这就对了！

问你一句？

问。

为啥这么多天你不早早说来贵清山？

一路上都是黄土塬梁的，最后要给你们个惊喜哈，祖国山河可爱，定西不能排外么，离开定西的时候看看贵清山，给你们留个好印象哈！

没来贵清山，定西已经留下好印象了呀。

那来贵清山呢？

定西有贵清，清贵乃定西。

二〇一一年初